PROFIL BAC

Collection créée par Georges Décote



# Les Caractères

## De la cour • Des grands

## (1696)

**Pierre Malandain**

Docteur ès lettres

Professeur des universités

# Sommaire



PREMIÈRE PARTIE

## Résumé et repères pour la lecture

DEUXIÈME PARTIE

## Problématiques essentielles



© HATIER, Paris, 2004 ISSN 0750-2516 ISBN 2-218-74767-7

ANNEXES

**FICHE PROFIL**

# Les Caractères (1696)

**Jean de La Bruyère (1645-1696)**

Chapitres VIII (« De la cour ») et IX (« Des grands »)

Maximes et portraits XVII<sup>e</sup> siècle

**RÉSUMÉ**

### « De la cour » (chapitre VIII)

En cent un petits textes qu'il a lui-mêmes appelés « remarques », La Bruyère présente un tableau de la cour de Louis XIV, des règles qui y sévissent, de la manière dont on s'y comporte, des carrières qui s'y font et défont. L'essentiel du chapitre consiste en un portrait, sans cesse repris et complété, du parfait courtisan.

Enfermé dans ce monde clos, chacun y est soumis en permanence aux exigences de sa propre ambition, à l'obligation de ne pas la montrer, et au regard jaloux des autres. La nécessité de dissimuler s'oppose donc sans cesse à celle de *paraître*. Un tel contexte ôte aux hommes toute dignité, toute responsabilité, toute fidélité. Pire : il leur ôte jusqu'à leur humanité, les rendant esclaves de l'intérêt et les transformant en de pures machines à parvenir.

Deux instances seraient en mesure d'ouvrir ce circuit fermé : le reste de la population non courtisane (la province, en 6 et 11, la ville en 101) et le roi. Mais, obnubilé par son intérêt personnel symbolisé par l'image du Roi-Dieu (71, 74, 75), idole dispensatrice de bienfaits devant laquelle tous sont comme éblouis, le courtisan ne donne à son activité aucune dimension ni finalité politiques. Cependant, La Bruyère n'insiste pas sur ce point. La seule « leçon » qui court d'un bout à l'autre du chapitre est morale : le seul moyen de garder honneur et vertu est de fuir la cour (1, 101).

### « Des grands » (chapitre IX)

En cinquante-six « remarques », La Bruyère brosse un portrait collectif des hommes de la haute noblesse – ou noblesse d'épée –

que l'on appelle les grands du royaume et qui se distinguent, par la valeur et l'ancienneté de leur lignée, de la foule des courtisans. Le portrait est accablant.

Malgré leur insupportable vanité, qui se décline en orgueil, en gloire, en ostentation, en étalage, en affectation, en prétention et en mépris (12, 18, 19, 23, 45, 46, 48, 50), les grands sont loin de briller sur le plan intellectuel : ils sont aveugles, sans discernement (13, 35), imprévisibles (10), indéfinissables (20), irresponsables (38), inconséquents (54). Sur le plan moral, c'est pire encore : ils sont corrompus et corrupteurs (2), ingrats (7), volontiers méchants (26, 27), bref, ils n'ont pas d'âme sous leur superbe apparence (25). Le mérite qu'ils s'attribuent tient en fait à peu de chose et ne dépend pas d'eux (41, 42). On peut souvent vérifier qu'ils ne sont pas d'une nature supérieure à celle des hommes ordinaires (28, 47, 53).

Les grands mériteraient donc le silence, conclusion paradoxale à la fin d'un chapitre qui leur est entièrement consacré (56) ! Deux choses cependant pourraient venir à leur décharge. D'abord leur fonction historique : défense de la communauté nationale et service de l'État (40) ; malheureusement, ils ne la remplissent plus (24). Ensuite, la sotte admiration que tous leur vouent *a priori* (1, 5, 16, 33, 37) : il suffirait de renoncer à « l'espèce de culte qu'on leur rend » (52) et de les juger à leur juste valeur pour que cesse cette « prévention » (51).

## CLÉS POUR LA LECTURE

**1. La morale et le pouvoir**

Parmi les choses qui empêchent les hommes d'être bons et vrais, la position de pouvoir (réel ou postulé) est l'une des plus dangereuses.

**2. L'individu et la collectivité**

La morale est une affaire de conscience individuelle, mais elle est aussi la condition d'une vie sociale harmonieuse.

**3. Une morale de la suggestion**

La forme fragmentaire est le moyen de ne pas figer le discours moral, en relançant sans cesse l'intérêt et le questionnement.

# La Bruyère, repères biographiques

## LES ANNÉES DE FORMATION

La vie de Jean de La Bruyère, né à Paris en 1645 et mort à Versailles en 1696, est très mal connue dans son détail. Il est issu d'une famille de petits propriétaires fonciers du Perche, et non pas, comme il feint par plaisanterie de le prétendre dans le chapitre « De quelques usages » (14), d'une lignée de haute noblesse qui aurait fourni des croisés compagnons de Godefroy de Bouillon :

> Je le déclare nettement, afin que l'on s'y prépare et que personne un jour n'en soit surpris : s'il arrive jamais que quelque grand me trouve digne de ses soins, si je fais enfin une belle fortune, il y a un Geoffroy de La Bruyère, que toutes les chroniques rangent au nombre des plus grands seigneurs de France qui suivirent Godefroy de Bouillon à la conquête de la Terre-Sainte : voilà alors de qui je descends en ligne directe[1].

Il fait des études de droit, mais il ne se contentera pas de cette formation. *Les Caractères* révèlent chez lui une très vaste et très profonde culture littéraire et philosophique. En 1673, à vingt-huit ans, il achète une charge de trésorier général de France à Caen. Le titre est pompeux, mais ce n'est qu'un petit office. On pouvait, à l'époque, acheter et revendre de telles charges, et bénéficier de leur revenu sans s'en occuper directement soi-même. C'est ce que fit La Bruyère, qui ne résida à Caen que très peu de temps et qui revendit sa charge en 1686.

1. Il y eut en effet un Geoffroy de La Bruyère qui participa à la troisième croisade (et non à la première), mais il n'a aucun lien de parenté avec l'écrivain. Notons que, par cette remarque ajoutée à la Ve édition (1690) et précisée à la VIe (1691) – « un Geoffroy D *** » devient « un Geoffroy de La Bruyère » –, La Bruyère « signe » pour la première fois son ouvrage, toujours paru sans nom d'auteur.

## LE PRÉCEPTORAT

D'autres occupations en effet l'attendaient. En 1684, il avait été choisi pour être précepteur. Un précepteur est un professeur à domicile – luxe réservé aux très grandes familles. Il s'agissait ici d'enseigner l'histoire, la géographie, la philosophie et la mythologie (on ne parlait pas encore de « littérature »). Son élève était le petit-fils d'un grand parmi les grands, le prince de Condé, duc d'Enghien, le très glorieux vainqueur de Rocroi (1643) et de Lens (1648). Prince du sang royal, Louis III de Bourbon, sixième prince de Condé, avait seize ans quand sa famille confia sa formation aux soins de La Bruyère. Celui-ci assura son éducation jusqu'en 1686. Devenu alors duc d'Enghien, par la mort de son grand-père, et marié à Mademoiselle de Nantes, fille adultérine de Louis XIV et de sa favorite Mme de Montespan, « Monsieur le Duc » garda auprès de lui son ancien maître, comme bibliothécaire, jusqu'à la mort de ce dernier, en 1696. La Bruyère a évidemment beaucoup profité de cette expérience pour bien connaître de l'intérieur l'existence et la mentalité des grands, ainsi que les pratiques de la cour. Sa position ambiguë – supérieure sur le plan pédagogique et moral, inférieure sur le plan social – lui a donné matière à réfléchir sur la confusion des valeurs et l'injustice des hiérarchies.

## LE GRAND OUVRAGE

Il y travaillait sans doute depuis longtemps déjà lorsque, en 1687, il se décida à proposer au libraire[1] Michallet une traduction du philosophe grec Théophraste (IVe siècle av. J.-C.), accompagnée d'une adaptation de la manière de ce philosophe ancien appliquée à l'époque contemporaine. Il avait fait lui-même cette adaptation, qu'il présentait tout à fait en second plan, derrière le texte traduit du grec. *Les Caractères de Théophraste, traduits du*

1. *Libraire* : éditeur.

*grec, avec les Caractères ou les Mœurs de ce siècle* remportèrent en 1688 un tel succès que La Bruyère en donna neuf éditions en huit ans. À chaque nouvelle édition, il corrigeait, précisait, augmentait le texte des *Caractères* qui étaient de sa plume, et son propre texte gagnait en proportion par rapport à celui de Théophraste. Il gagnait aussi en intérêt car, dans le public, chacun était de plus en plus friand de la manière dont ce texte lui parlait de son monde, de son temps, de lui-même. Les hommes de l'époque ne pouvaient qu'être impressionnés par la lucidité avec laquelle étaient vus et rendus tous les aspects de leur vie, ravis par la variété et l'originalité des points de vue sur les conduites les plus habituelles, et ébranlés par l'audace de ce réquisitoire contre un régime qui se donnait pour excellent et se voulait absolu. La curiosité jouait aussi : on cherchait à reconnaître tel contemporain derrière tel portrait et des recueils de « clés » circulaient à cet usage.

Quand l'auteur prépara la IXe édition, juste avant sa mort, l'ouvrage comptait, après les vingt-huit « caractères » de Théophraste, 1120 « remarques » de La Bruyère (contre 420 dans la Ire édition). En ce qui concerne le texte original de La Bruyère, il avait donc presque triplé. La composition d'un tel ensemble témoignait d'un labeur considérable.

## LA QUERELLE DES ANCIENS ET DES MODERNES ET LA BATAILLE ACADÉMIQUE

Être élu à l'Académie française semblait chose toute naturelle pour un écrivain qui avait manifesté une telle maîtrise de son art et connu un tel succès. Mais l'Académie était alors traversée par une controverse violente, la querelle des Anciens et des Modernes, qui durait depuis les années 1650 et qu'avait relancée Charles Perrault en 1687, avec ses *Parallèles des Anciens et des Modernes*.

Le monde cultivé était partagé entre les partisans des Anciens et ceux des Modernes. Pour les premiers, les écrivains grecs et latins étaient indépassables, et on ne pouvait que les imiter, encore et toujours. Les seconds affirmaient que le cours du temps entraîne des progrès de l'esprit, et que les écrivains contemporains pouvaient faire mieux, ou faire autre chose que ceux de l'Antiquité. On a tendance aujourd'hui à accorder plutôt sa confiance aux seconds. Ils semblent aller dans le sens de l'Histoire, alors que les premiers, en refusant son mouvement et son progrès, sont, au sens propre, des « réactionnaires ». Pourtant, c'est parmi les partisans des Anciens que l'on trouve les plus grands auteurs de l'époque : Racine, Boileau, Bossuet, La Fontaine et... La Bruyère.

Le parti des Modernes, qui comprenait, avec Charles Perrault, des écrivains plus jeunes comme Fontenelle, Thomas Corneille, et bientôt La Motte et Marivaux, avait peu à peu conquis l'Académie. Malgré la haute protection des Condé et du ministre Pontchartrain, La Bruyère eut le plus grand mal à y être élu. Après un cuisant échec en 1691, il le fut, de justesse, en 1693. Le Discours de réception qu'il prononça alors était un violent pamphlet contre les Modernes, et il entraîna une vive polémique.

## LES DERNIERS COMBATS

Étant devenu de ce fait un « champion » des Anciens, La Bruyère assuma ce rôle, non sans bravoure. On aurait pu penser que cet esprit si libre, capable d'une écriture si moderne, chercherait la vérité dans une conciliation de ces deux choix si radicalement opposés. On n'est pas obligé en effet de nier tout progrès historique pour reconnaître et cultiver la grande tradition culturelle gréco-latine, ni le contraire. Antoine Arnauld et Fénelon l'ont bien compris, qui ont, l'un en 1694, l'autre en 1714, tenté cette sage réconciliation. La Bruyère, lui, campe sur ses positions, fait publier son Discours de réception à l'Académie dans la VIIIe édition de ses *Caractères* (1694), en le faisant précéder d'une préface encore plus virulente. Il glisse un portrait assassin de Fontenelle en Cydias dans son chapitre « De la société et de la conversation »

(75). Il entreprend d'autre part des *Dialogues sur le quiétisme* (il est l'auteur probable de sept de ces *Dialogues* sur les neuf qui ont été publiés après sa mort, en 1698). Sur le modèle des *Provinciales* (1656-1657) de Pascal, et avec la même verve polémique, il y défend la foi et la pratique religieuse traditionnelles telles que l'ultra-conservateur Bossuet s'efforce par tous les moyens de les faire respecter, contre la « nouvelle spiritualité ». Celle-ci, représentée alors par Fénelon, s'efforçait de promouvoir une religion du cœur pour relayer une religion devenue formaliste, doctrinaire, autoritaire.

En mourant, La Bruyère laissait donc à la postérité cette énigme à résoudre : comment peut-on se montrer si obstinément conservateur et écrire un livre comme *Les Caractères*, si impitoyable pour le monde comme il va et si nouveau, si moderne dans son écriture ? Si l'on démontre que tout va mal, comment peut-on laisser croire aussitôt qu'il ne faut surtout rien changer ? Et si l'on se montre, dans le genre de l'écriture morale, si supérieur à Théophraste, comment peut-on affirmer qu'au XVIIe siècle, « tout est dit, et [que] l'on vient trop tard depuis plus de sept mille ans qu'il y a des hommes et qui pensent » (« Des ouvrages de l'esprit », 1) ? Le cas de La Bruyère serait-il aussi double et indécidable que celui de Straton (« De la cour », 96) ?

PREMIÈRE PARTIE

# Résumé et repères pour la lecture

# Résumé et repères pour la lecture du chapitre VII, « De la cour »

Quoique la manière d'écrire de La Bruyère ne suppose pas de « plan » à proprement parler, et qu'il joue même volontiers des effets de surprise que peut ménager la succession de ses petits textes qu'il a lui-même appelés « remarques », il est possible de lire le chapitre « De la cour » d'une façon un peu ordonnée.

On peut d'abord remarquer que, du début à la fin, tout le chapitre est placé sous un signe négatif : ne pas « savoir » la cour est un gage de vertu et d'honneur (1) et l'avoir connue apprend avant tout à s'en détacher (101). À quoi bon, dans ces conditions, en faire l'objet d'un chapitre ? Ne serait-il pas plus prudent et plus sage de l'ignorer ?

Plusieurs raisons font que ce chapitre existe quand même, et qu'il est l'un des plus fournis des *Caractères*, le troisième en nombre de pages comme en nombre de remarques (cent une), après « De l'homme » et « Des jugements ». La première raison découle du titre même de l'ouvrage : « [...] *avec les Caractères ou les Mœurs de ce siècle* ». Qu'est-ce qui *caractérise* le mieux « ce siècle », sinon la splendeur du Roi-Soleil et le prestige de la cour qu'il a réunie autour de lui à Versailles ? La deuxième raison tient au devoir du moraliste. L'une de ses fonctions étant d'observer et de décrire la réalité des mœurs contemporaines, il n'a pour ainsi dire pas le droit de s'y dérober. Mais une troisième raison est proposée dans le texte même : la cour est une « école », et le spectacle du « mauvais » n'est pas moins instructif que celui du « bon » (9). L'« honnête homme » ne se compromet pas dans le jeu pervers de la cour, mais il ne doit pas l'ignorer. En « tâter » fait partie de sa formation et de son information qui, sans cette expérience, resteraient incomplètes.

Voyons donc ce qu'il en est « de la cour ». Sept grands ensembles se succèdent dans le chapitre. Le premier établit la cour comme objet d'observation.

# La cour comme objet d'observation

## RÉSUMÉ

C'est un objet paradoxal, puisqu'il apparaît comme indéfinissable (3), inutile (2) et laid (13). Dangereux aussi, parce qu'on ne peut pas se contenter de l'observer de loin. Il faut s'y immerger (4), avec tous les risques que cela comporte : y être « petit » (5), perdre toute illusion (6, 8), vivre dans l'inconfort (7). Cependant, si individuellement il ne semble pas qu'il y ait grand-chose à tirer de cette expérience, celle-ci pourrait bien porter ses fruits sur le plan de la relation sociale. La cour offre un modèle complet et généralisé de l'« art de dominer » qui est la règle de cette relation dans une société hiérarchisée comme celle de l'Ancien Régime, et surtout sous un roi qui donne l'exemple de la splendeur écrasante. Être grand, c'est alors rendre les autres petits (5). Et comme ce fonctionnement est général et se répète à tous les échelons, on peut accepter d'être petit ici pour être grand ailleurs (11, 12).

La généralisation de ce comportement a pour conséquence de donner au phénomène observé une certaine unité : en tous les courtisans quelque chose se laisse voir qui leur est commun : c'est « l'air de cour », qui fait son apparition dans la remarque 12, et fait l'objet de la remarque 14. Il va servir à reconnaître les courtisans lorsqu'ils feront les « importants », dans toutes les situations où va les présenter l'ensemble suivant.

## REPÈRES POUR LA LECTURE

### La morale et le système politique

L'émiettement des premières remarques, les paradoxes et les contradictions qu'on y repère ont – entre autres motifs peut-être, qu'on découvrira plus loin – une cause perceptible : le texte oscille entre deux échelles de référence. À la morale traditionnelle, à fondement chrétien et humaniste, s'opposent les principes d'un système politique qui n'ont le plus souvent rien à voir avec elle. Dans ce système, la dissimulation et la fausseté (2), la vanité (5, 12), l'intérêt (12) sont des valeurs positives, alors que la morale ordinaire les condamnerait et recommanderait, au contraire, la franchise et la vérité, l'humilité, l'oubli de soi.

**Le jeu sur les focalisations**

Le texte de La Bruyère donne à voir le spectacle qu'offrent les courtisans dans leurs diverses activités. Mais le regard qui reçoit ce spectacle n'est pas toujours le même d'une remarque à l'autre, voire à l'intérieur d'une même remarque. C'est parfois le regard de La Bruyère observateur (8, 13, 14) ; parfois le regard du lecteur, dirigé sur l'objet et sollicité d'en faire une lecture (3) ; parfois le regard que le courtisan porte lui-même sur la cour (4). En faisant ainsi alterner le point de vue (focalisation zéro, focalisation externe, focalisation interne), La Bruyère fait du regard non plus seulement un moyen de connaître la réalité extérieure, mais aussi un problème : le regard, en effet, a toujours besoin d'une mise au point (6) et il peut être aussi trompeur que révélateur (2).

Ainsi le scripteur omniscient montre le moraliste en train d'observer des courtisans qui, eux-mêmes, se préoccupent de tout voir et d'être vus d'une certaine façon. Et l'ensemble est offert au regard du lecteur, prié d'avoir de bons yeux pour entrer dans ce jeu vertigineux, où il ne suffit manifestement pas de voir pour savoir.

**La présence ironique du scripteur**

Bien qu'il semble s'effacer derrière le spectacle que lui offre son observation de la cour et le décrire objectivement, La Bruyère ne manque pas de laisser voir, à l'occasion, le bout de son oreille : il est bien là, et il n'est pas indifférent à ce qu'il rapporte. L'expression « vrais singes de la royauté » (12) dit plus que le repérage d'un simple phénomène d'imitation. Le scripteur s'autorise même le jeu de mots, qui ne va pas sans suggérer à celui qui l'entend un certain sourire sur le visage de celui qui le fait. Ainsi la comparaison des courtisans avec le marbre (10) oblige-t-elle à entendre « durs » dans les deux sens du mot, physique et moral à la fois, ce qui entraîne la même ambiguïté pour « polis », devenu, à part égale, le résultat du polissage et/ou de la politesse.

REMARQUES 15 À 21

# L'air de cour

## RÉSUMÉ

Ce deuxième ensemble nous introduit dans une galerie qu'on pourrait appeler « la galerie des importants ». Ce n'est pas un hasard si elle offre les premiers *portraits* du chapitre, l'un très bref, comme le nom et l'importance réelle de son modèle anonyme, N ** (15), l'autre double, Cimon et Clitandre, tant l'air de cour fait se ressembler tous les courtisans et les rend à peu près interchangeables (19).

L'« important » a un grand nom, de la plus sûre et ancienne noblesse, ou du moins le fait-il croire (20). Il est imbu de sa personne, et le fait savoir de manière hardie (nous dirions effrontée ou sans gêne) [15, 16]. Il est à l'aise partout et traite tout le monde de haut (17, 18). Il fait de grandes dépenses pour sa demeure, son habillement et ses équipages, et sait se faire le confident des dames, moyen sûr de parvenir (18). Il laisse entendre qu'il a « l'oreille des plus grands princes » (18), voire la responsabilité de l'État (19). Il est empressé, bruyant, impétueux, toujours en activité, jamais en repos (18, 19). On dirait aujourd'hui, un peu familièrement, qu'il ne se prend pas pour rien et qu'il brasse beaucoup d'air.

## REPÈRES POUR LA LECTURE

### Un pittoresque défilé de personnages

Toute cette partie du chapitre donne vraiment l'impression d'assister à une grande parade, à un pittoresque défilé de comédiens costumés, grimés, bondissants, s'évertuant à qui mieux mieux à attirer sur eux l'attention et l'admiration béate de la foule. Comme sur les tréteaux d'un théâtre – du Théâtre-Italien par exemple –, ils ont des noms de scène: Cimon, Clitandre (19), ou ils assurent la figuration anonyme: N** (15), les « gens aventuriers et hardis » (16), les « hommes flatteurs complaisants, insinuants » (18). Mais, comme Arlequin, Pantalon et Pierrot, ils font tous partie de la même troupe.

**L'échec ou le succès des manœuvres du courtisan**

Cependant, toute cette agitation n'est pas gratuite. Chacun cherche à « se produire » (16), à se mettre en valeur pour dépasser les autres en « importance ». Une grande partie du texte montre que c'est en vain, soit parce que, dans les faits, l'effort des ambitieux n'est pas couronné de succès (15, 17, 19), soit parce que l'œil du moraliste, informant le nôtre, perce à jour l'imposture et fait se dégonfler la baudruche (18). De temps à autre, pourtant, l'opération « poudre aux yeux » est payante. À force de mentir effrontément, le faux grand noble « sera cru » (20) ; certains « aventuriers » parviennent longtemps à profiter de « l'erreur publique » et, après avoir été détrompé sur leur compte, « le monde » est « encore prêt d'être trompé par d'autres » (16).

Les courtisans truqueurs sont-ils donc seuls responsables du scandale? Ne trouvent-ils pas en face d'eux des dupes bien faciles?

REMARQUES 22 À 49

# Courir à la fortune

**RÉSUMÉ**

Ce troisième ensemble est régi par deux thèmes qui s'entrelacent: le mouvement et l'intérêt. Qui regarde les courtisans les voit sans cesse courir (22, 42). Quoique confinés dans un lieu clos, ils sont tous engagés sur un « chemin » (24, 26, 28, 49) qui est celui de la « fortune » (22, 23, 26, 28, 34, 44). Ce terme polysémique désigne tout ce que l'existence peut offrir comme chance d'accroissement à un être, et La Bruyère ouvre grand l'éventail de tout ce qui brille à cet égard devant l'œil avide des ambitieux qu'obsède leur intérêt : élévation (22), établissement (28), dignités (44, 49), poste (26, 32, 33, 43, 44), place (45), charge (46), gouvernement (45), abbaye (26), bénéfice (46), pension (45), récompense (22, 27).

Mais, s'ils courent tous, chacun court pour soi et contre les autres, ce qui oblige à renoncer à toute fidélité en amitié (25, 28, 29, 30) et à mettre en œuvre toutes les ruses hypocrites de l'adulation extrême (32, 47) ou de la fausse modestie (42, 43, 44, 45). Artémon prête son nom (bien choisi !) à ces montages artificieux (43), et Ménophile s'est tellement identifié à son masque que La Bruyère l'y reconnaît et peut lui donner un nom (48).

## REPÈRES POUR LA LECTURE

### Une valeur négligée : le mérite personnel

Curieusement, ce qui paraîtrait devoir être le critère essentiel pour occuper un poste important et assurer des responsabilités collectives, c'est-à-dire pour « servir sa patrie, son prince, la république » (44), n'est pas ce dont il est tenu compte dans cette course aux honneurs. Ceux qui les atteignent par d'autres moyens les attribuent faussement à un mérite qu'ils n'ont pas (24, 44). Ceux mêmes qui reconnaissent ce mensonge chez les autres sont prêts à s'y livrer eux aussi, s'ils réussissent (26). Cependant, le vrai mérite est oublié (27), négligé (30), voire importun (39).

La Bruyère ne se contente pas de le donner à voir : il dénonce ce scandale par l'humour noir (40) ou par un éloquent rappel à l'ordre (31) : « Je veux un homme qui soit bon [...]. »

### Écho entre les chapitres

Les chapitres des *Caractères* ont beau traiter de sujets différents, il existe entre eux des liens. Ici, le chapitre « De la cour » fait écho, sur le plan moral, au chapitre « Du mérite personnel », et, sur le plan politique, au chapitre « Du souverain ou de la république ». Plus haut (5, 17, 20), il annonçait à plusieurs reprises le chapitre « Des grands ». On y trouve aussi un parallèle (101) avec le chapitre « De la ville », reflet du fameux couple Ville (bourgeois)/Cour (nobles) souvent allégué au XVIIe siècle, par exemple par Molière (*Le Misanthrope*, I, 1, v. 89-90 : « Mes yeux sont trop blessés, et la Cour et la Ville/Ne m'offrent rien qu'objets à m'échauffer la bile. »). Le début de « De la cour », 22 est un écho de celui de « De la ville », 12 (se lever et se coucher dans les mêmes dispositions : l'existence vide). Et ce parallèle se retrouvera dans le chapitre « Des grands », 53.

REMARQUES 50 À 62

# Les effets de la faveur royale

## RÉSUMÉ

Jusqu'ici nous avons vu les courtisans rechercher à toute force la « faveur » royale. Ce quatrième ensemble nous les montre après qu'elle leur est acquise. Redeviendront-ils enfin eux-mêmes, une fois leur but atteint ? Tout au contraire. Définitivement pris à leur propre jeu, ils sont positivement « aliénés » (50, 61), c'est-à-dire dépossédés de leur être au profit du personnage « important » qu'ils sont devenus (51). Ils ont du mal à dissimuler un bonheur insolent (50) et l'ambition de monter encore plus haut (52). Il faut dire qu'ils y sont encouragés par l'adulation servile de leur entourage (56, 57), d'ailleurs parfaitement versatile (56, 59).

À la fin de ce quatrième ensemble, deux longs portraits font une sorte de synthèse de tout ce qu'on a pu observer jusqu'ici chez le courtisan. L'un est anonyme (62) ; l'autre, en décrivant le « mystérieux » Théodote (61), introduit surtout le mystère que représente pour l'esprit l'intériorité du courtisan. C'est un passage à la dimension existentielle, qui marquera l'ensemble suivant.

## La morale mise en scène

Parmi les conséquences du jeu des regards analysé plus haut, on peut noter celle-ci: la morale, chez La Bruyère, est moins un discours abstrait sur ce qui est bien et ce qui est mal qu'un spectacle concret qui donne à voir, comme au théâtre, le comportement des hommes. Quand il veut, par exemple, étudier les effets que la faveur royale peut avoir sur le courtisan qu'elle a touché, il ne les énumère pas: il les met en scène et les offre ainsi à son lecteur comme un « spectacle ». Mieux, il l'invite à préférer ce spectacle, plus instructif, à un autre qui, en général, attire la curiosité des foules: celui des exécutions publiques (50).

Le mot « spectacle » revient en écho, et par deux fois dans la remarque 60, où se réalise une opération étonnante. Quatre spectacles s'y offrent, emboîtés les uns dans les autres. Celui qui est donné sur les tréteaux du théâtre (« à un spectacle dont il est refusé ») ; celui du fait divers suivant: on refuse une place de théâtre à quelqu'un et on la donne aussitôt après à un autre; celui de l'homme ainsi favorisé, que l'homme refusé, du coup, observe de près... pour s'apercevoir qu'il « n'a point d'yeux pour voir, ni d'oreilles pour entendre, ni d'esprit pour connaître [...] ». Et comme La Bruyère caractérise lui-même cette observation (qui le venge) comme « un joli spectacle », il est clair que son regard, alors, dirige le nôtre. Ce que nous sommes invités à voir, en lisant le texte, c'est un homme de mérite regardant un imbécile « important » venu lui-même regarder (mais mal) une représentation théâtrale.

Ce dernier ne comprendra rien. La Bruyère a tout compris. Et nous?

## « Rien de nouveau sous le soleil »

À force d'avoir les yeux fixés sur la cour de Versailles, on pourrait croire qu'elle est le seul endroit où l'on peut observer cette concentration maladive de tous sur la faveur royale. Une remarque, qui ne présente pas du tout le même aspect que les autres, vient prouver qu'il n'en est rien : c'est la citation d'un « vieil auteur », faite en français ancien (54). La Bruyère prétend que c'est pour ne pas en « affaiblir le sens » qu'il la donne dans « les propres termes ». On peut penser surtout qu'il a ressenti le besoin d'élargir soudain le champ de sa (notre) vision. Certes, la cour du Roi-Soleil est un phénomène si monstrueux qu'on pourrait le croire unique en son genre, produit d'une dégradation moderne qui a perverti les anciennes valeurs. Peut-être en partie, mais le « vieil auteur » prouve que le passé en a déjà fourni des exemples. La nature et la condition humaines en seraient donc tout aussi responsables que la politique de Louis XIV ?

REMARQUES 63 À 76

# La dimension existentielle de l'homme-courtisan

**RÉSUMÉ**

Tout à coup, le point de vue recule, la vision s'élargit, et toute la pantomime courtisane fait place à une problématique existentielle. Si, au lieu de le prendre comme tête de Turc, on se met à la place et dans la peau du courtisan, la question est : comment peut-on vivre une telle vie ? Ce cinquième ensemble décrit la cour comme « un pays » (63) ou « une région » (74), où tout est à l'envers. La joie cache l'inquiétude, le jeu est « mélancolique » (le mot est très fort et indique moins une humeur maussade qu'une vraie maladie de l'âme) et hasardeux (64) ; le mouvement revient à l'immobilité (65), la réalité est comme un rêve (68), et tous les efforts qu'on fait pour se libérer mènent à un esclavage (67, 68, 70)... La vocation du courtisan ne peut être que le malheur (71), car son idolâtrie pour un Roi-Dieu le fait passer à côté de la vie d'ici-bas (75).

L'enjeu ne vaut certes pas que l'on se livre à ce jeu dépersonnalisant que certains – comble de l'aliénation ! – jouent même sans enjeu (72).

### Images du malheur existentiel

Mis à part l'oubli où le tient le roi ou la trahison de ses amis, ce ne sont pas des malheurs extérieurs qui s'abattent sur le courtisan, mais un mal intérieur qui le ronge. Le moraliste désigne directement ce mal par tout un lexique de la torture : inquiétudes, soins, craintes (63) ; tourment, humiliations, hontes (66) ; esclave (67, 69, 70) ; malheureux (71). Mais il le suggère aussi indirectement par quelques images fortes : ainsi celle du jeu, filée en métaphore, qui fait comprendre les affres du courtisan par celles du joueur livré aux cruels caprices du hasard (64) ; ou encore celle des aiguilles de la montre dont tout l'effort ne mène… qu'à revenir à leur point de départ (65).

### Le point de vue des Iroquois

Décrire la cour de Versailles comme si elle était vue pour la première fois par des hommes venus de très loin (« plus d'onze cents lieues de mer ») permet de la faire voir avec des yeux neufs. Ce qui est courant et normal pour un Français apparaît étrange, saugrenu, voire absurde, à des gens non prévenus, et que l'on suppose de bon sens. La Bruyère ouvre ainsi la voie aux *Lettres persanes* (1721) de Montesquieu, à *L'Île des esclaves* (1725) de Marivaux et à *L'Ingénu* (1767) de Voltaire : tout le XVIII$^{e}$ siècle philosophique usera de ce type de permutation pour relativiser les valeurs en cours dans l'Occident chrétien et les remettre en cause au nom de la raison.

REMARQUES 77 À 93

# Conseils pour l'épreuve de la cour

RÉSUMÉ

On a vu qu'il était bon de faire l'expérience de la cour, et qu'il était sage de savoir en sortir. Le jeune noble doit donc effectuer cette traversée, dont on a vu aussi les dangers et les misères. Comme s'il s'efforçait de l'aider à se tirer le moins mal possible de cette épreuve, La Bruyère, dans ce sixième ensemble, lui prodigue toutes sortes de conseils : profiter de l'ardeur de la jeunesse en en connaissant les limites (77) ; savoir rester libre dans son jugement (78) ; ne parler au roi qu'avec prudence (79) ; savoir retenir un bon mot qui peut nuire (80) ; ne pas se contenter des « phrases toutes faites » (81), ni des « termes de l'art » (82), ni de manière générale de tout ce qui n'est qu'apparence (83) ; ne pas se croire beaucoup d'esprit parce qu'on a réussi (84) et se méfier de la « finesse » (85) ; essayer de voir clair dans le jeu des autres courtisans à qui on a affaire (86) ; mais ne pas craindre de travailler pour les autres, ce qui est souvent plus facile que d'agir pour soi (87) ; éviter le ridicule qui menace (88) ; être vrai, ce qui ne condamne pas forcément à l'inefficacité (89, 90) ; ne pas s'installer dans l'intrigue comme on s'accoutume à une drogue (91, 92).

Le portrait d'Aristide (93) clôt cet ensemble sur une note optimiste... semble-t-il : cet homme a de l'esprit, du savoir, de la probité, du mérite et pour l'instant il a réussi...

## REPÈRES POUR LA LECTURE

### Entre l'indignation et la pitié : pauvres courtisans !

Dans ce sixième ensemble, on a l'impression que La Bruyère hésite, quand il s'adresse au courtisan, entre l'indignation et la pitié. L'indignation, présente dans tout le chapitre, est encore sensible dans des expressions comme « méritent une peine infamante » (80) ou « Vous rencontrez le tuf » (83). La pitié, qui explique les conseils que le moraliste éprouve le besoin de donner à ces malheureux, semble ici l'emporter : « quel abattement ! quel repentir ! (79) ; « l'on se trompe soi-même » (82) ; « se trouver la dupe de plus sots que soi » (88) ; « il n'y a point de sentier qui ne vous égare » (90).

Mais qui dira la tonalité exacte d'une expression comme « Faibles hommes ! » (78) ?

**L'art de la « chute »**

On appelle « chute » la fin d'un texte lorsqu'elle étonne. Par exemple, au lieu d'offrir le dernier maillon de sa logique et d'en achever ainsi le mouvement, elle l'inverse et, d'un mot, remet tout en question. C'est ici le cas du portrait d'Aristide (93). Tout semblait être rentré dans l'ordre : Aristide est vertueux, il suit les conseils que La Bruyère vient de prodiguer pour vivre l'aventure de la cour sans perdre son âme, et il réussit... tant qu'on a besoin de lui. Ce n'est qu'au dernier mot de la remarque qu'il devient clair que c'est ce besoin qui lui a procuré « la faveur des grands », et non son mérite personnel ni sa conduite vertueuse. Si ce besoin vient à disparaître, on comprend qu'il perdra tout.

La chute substitue soudain à l'image que donnait l'ensemble du texte une autre image, qui cependant n'efface pas la première. Le procédé oblige à confronter ces deux images et à les prendre en compte toutes deux. Le fait que le succès ne dépend pas de soi n'empêche pas qu'on ait le devoir moral de le mériter, quand il vient, tout en sachant qu'il peut disparaître d'un moment à l'autre, ce qu'illustrera le prochain et dernier ensemble, « chute » du chapitre sur le thème de la disgrâce.

REMARQUES 94 À 101

# L'inévitable disgrâce

**RÉSUMÉ**

Comme elle guette Aristide, le jour où l'on n'aura plus besoin de lui en haut lieu, la disgrâce attend et menace chacun des courtisans qui ont réussi, et peut survenir à tout moment. Dans ce cas, la morgue les quitte (94) et ils rejoignent l'humanité. Tomber de haut (97) est alors une chance de salut : expérience faite, on peut renoncer enfin au jeu pervers de la cour (98), la mépriser (100), la quitter à jamais (101). C'est ainsi qu'on a la possibilité de redevenir un homme, et non ce « personnage de comédie » que la quête du pouvoir anime, comme un pantin, de génération en génération (99), ni cette « énigme » vivante qu'est Straton (96).

## REPÈRES POUR LA LECTURE

### Le courtisan, un personnage énigmatique

Construit un peu comme un catalogue répertoriant les divers défauts de l'humanité, *Les Caractères* distinguent et classent les individus par catégories. Mais que se passe-t-il quand un homme refuse de se laisser classer de la sorte? Dira-t-on que c'est une exception? Ou ne serait-ce pas plutôt l'indice d'une nature humaine plus mobile et changeante qu'on le croit généralement?

Dans le chapitre « De l'homme », La Bruyère a écrit: « Les hommes n'ont point de caractères, ou s'ils en ont, c'est celui de n'en avoir aucun qui soit suivi [...] » (147). À la fin d'un chapitre où l'on pouvait penser que s'était peu à peu construite la figure du courtisan type, Straton vient dissiper cette illusion: le caractère double de sa nature et de son destin (son « étoile ») fait de lui l'énigme en personne.

### La « chute » dans le texte et la chute dans la vie

On a vu plus haut comment La Bruyère aime terminer ses remarques par des chutes surprenantes qui modifient d'un seul coup tout le sens du texte. De même, son chapitre « De la cour » se termine par ce à quoi n'avait jamais pensé le courtisan, dans sa course à la faveur: la perte de cette faveur, la disgrâce, la chute, qui est d'autant plus dure qu'on était monté plus haut. Elle modifie soudain, elle aussi, tout le sens de la carrière courtisane; mais comme cette carrière était à l'évidence une démarche insensée, c'est le vrai sens de toute l'aventure qui se dévoile ainsi, enfin.

La chute ne détruit pas un avoir, elle remet les choses en place et l'être à sa véritable place, qui aurait toujours dû rester la première. « En toute chose il faut considérer la fin », disait La Fontaine (« Le Renard et le Bouc », *Fables*, III, 5).

# Résumé et repères pour la lecture du chapitre IX, « Des grands »

Il est impossible de découper le chapitre « Des grands » en plusieurs parties cohérentes et successives. Trois thèmes alternent et s'entrecroisent d'un bout à l'autre du chapitre, sans jamais s'imposer seuls. Peut-être s'agissait-il pour l'auteur de nous en faire ressentir la solidarité.

Le premier « vise » les grands et leur comportement, soumis à l'observation et à la critique. Le deuxième étudie le comportement des autres à l'égard des grands, et n'y trouve pas moins de critique à faire. Le troisième enfin oppose et compare ces deux catégories (« grands » / « non grands », catégorie souvent appelée « peuple ») et cherche le sens de leur coexistence conflictuelle. C'est donc ce regroupement synthétique qui est proposé ici.

REMARQUES 2, 4, 6, 10, 13, 17, 18, 19, 20, 21, 26, 27, 31, 32, 44, 45, 46, 48, 49, 50, 54

## Le détestable comportement des grands

### RÉSUMÉ

Comme on pouvait s'y attendre, le grand se fait gloire de sa généalogie, de sa « longue suite d'ancêtres » (19). Celle-ci ne garantit en rien sa valeur personnelle, mais elle suffit à le rendre vaniteux, méprisant et arrogant (18). Il croit tant à sa supériorité de principe qu'elle est devenue son « naturel » (17). Beau « naturel », vraiment, que cette affectation de mystère et de distance qui rend Téléphon (quel nom, pourtant, pour la communication!) si impénétrable (20) et qui en rend d'autres, gesticulants et tonitruants, si inaccessibles (32) ! Fort de cette supériorité qu'il s'arroge, le grand se permet d'être capricieux, inconstant, par exemple en prodiguant de belles promesses sans se croire obligé de les tenir (6). Il s'offre quelquefois le luxe de paraître modeste, mais cela ne dure guère (17), car cette modestie est fausse et hypocrite (44). Sa véritable nature le porte à l'ostentation indiscrète, d'autant plus mal placée qu'elle gâche tout, et jusqu'au bien qu'on fait, qu'on s'appelle Aristarque (45) ou comme on voudra (46).

Toute cette prétention est le plus souvent injustifiée, car le grand ne vaut pas mieux que les autres hommes. Il vaut même parfois moins que certains, lesquels restent pourtant dans l'ombre (21). Quand il n'est pas vicieux de nature, il se corrompt sous l'influence de son entourage, alors que sa position lui donnerait le pouvoir d'imposer la vertu au lieu de se laisser imposer le vice : l'insistance des conseils donnés à Théagène sur ce point prouve qu'il en a bien besoin (2) !

Le réquisitoire de La Bruyère passe en revue (mais dans le désordre ou, du moins, dans un ordre à retrouver) tous les aspects de la personnalité ainsi exhibée des grands. Seront-ils sauvés par leurs qualités intellectuelles ? Certes pas, car ces têtes légères, ces « âmes oisives », ne mettent aucune réflexion dans leur action, toujours impulsive (54) : la façon dont ils accordent ou non leur faveur est si arbitraire et immotivée qu'elle est imprévisible, comme une loterie (10) ; et ils n'ont aucun « discernement » dans le choix qu'ils font de leurs familiers, négligeant souvent « les personnes de mérite » et « les gens de bien » pour des « aventuriers », « intrigants » et « nuisibles » (13).

Qu'en est-il maintenant des qualités du cœur ? C'est pire encore : ils sont méchants, rien que pour s'amuser (26, 27). Ils ne se servent guère – ou se servent mal – du privilège qu'ils ont de pouvoir faire du bien (31), même quand ils multiplient, comme Théognis, les signes d'une bienveillance affectée (48). Bref – car la brièveté est plus éloquente ici que l'abondance des paroles –, leur « curiosité » les pousse à entreprendre de très belles choses dans l'ordre matériel (parcs, terrasses, plafonds, bassins, orangeries), mais non à « rendre un cœur content » (4).

Insupportable d'orgueil, mal servi du côté de l'esprit comme du côté du cœur, le grand voit son portrait synthétique culminer avec Pamphile (50). Ce long portrait, qui devrait achever de camper devant nos yeux une personne vivante, la dilue au contraire, la dissout dans l'indéfini (« un Pamphile »), la dépersonnalise dans le pluriel (« les Pamphiles »).

## REPÈRES POUR LA LECTURE

### Définition du « grand »

Au sens strict, ce terme était attribué, dans la France d'Ancien Régime, aux princes du sang (c'est-à-dire de la famille royale) et aux membres de la très haute noblesse d'épée, par exemple les ducs et pairs (titre décerné par le roi, mais ensuite héréditaire). Il n'englobait donc pas tous les nobles : les membres de la moyenne et de la petite noblesse (noblesse campagnarde, noblesse de robe, noblesse récente) pouvaient faire partie des courtisans, mais ils n'étaient pas « grands » pour autant, même s'ils se comportaient parfois comme s'ils l'étaient.

Le mot « grand » désigne donc une place très élevée dans la hiérarchie sociale de la monarchie française, mais, comme dans le surnom des monarques par exemple, il connote aussi une qualité exceptionnelle de celui qui le porte. Dire Charlemagne (= Charles le Grand), Louis le Grand (cette désignation de Louis XIV a donné son nom à un grand lycée parisien), Pierre le Grand (tsar de Russie de 1682 à 1725), c'est distinguer des souverains particulièrement importants dans l'histoire de leur pays ; c'est reconnaître qu'ils ont hautement contribué à l'accroissement de la gloire, de la richesse, des institutions et du bonheur de leur peuple.

Les « clés » qui ont circulé dès la première édition des *Caractères*, et qui mettaient un nom réel derrière les noms grecs choisis par La Bruyère dans ses portraits, renvoient ainsi, pour le chapitre « Des grands », au duc de Bourbon, petit-fils du Grand Condé (Théagène, 12) ; à François d'Aubusson, comte de La Feuillade, duc de Roannez (Téléphon, 20) ; à César de Vendôme, Annibal d'Estrées, Hercule de Rohan (23) ; au premier président (du Parlement de Paris) Achille de Harlay (44, Aristarque, 45) ; à Mgr de Harlay, archevêque de Paris (Théognis, 48). Et, pour le chapitre « De la cour », au comte d'Aubigné, frère de Mme de Maintenon (N**, 15) ; à M. de Clermont-Tonnerre, évêque de Noyon (20) ; à Neuville de Villeroy, archevêque et gouverneur de Lyon (46) à M. de Louvois, ministre de Louis XIV (Plancus, 59) ; au duc de Lauzun, maréchal de France (Straton, 96). Grands noms, hautes fonctions.

Ce qu'on attend donc d'un grand, et qui peut justifier le respect dont on l'entoure, c'est une qualité personnelle (courage, hauteur de vues, intelligence, désintéressement, bonté) mise au service de l'État, et non le pur étalage du grand nom qu'il porte.

**Les trois ordres pascaliens**

On sait que Blaise Pascal (1623-1662), dans ses *Pensées* (publiées en 1669), a proposé de classer toutes les réalités humaines selon trois ordres : l'ordre de la chair (corporel, matériel), l'ordre de l'esprit (mental, intellectuel) et l'ordre du cœur ou de la charité (spirituel, religieux). Grand lecteur et admirateur de Pascal, La Bruyère reprend volontiers ce schéma. Il lui sert ici à déplorer que les grands, qui sont – et de loin – les mieux placés dans le premier ordre (4, 12), soient si faibles dans le deuxième – ils sont méprisés par les gens d'esprit (12), ils manquent de discernement (13) – et en général nuls dans le troisième, qu'il appelle ici celui de « la vertu » (12, 13).

Pascal en appelle sans cesse à son lecteur pour qu'il s'élève du premier ordre jusqu'au deuxième, et de ces deux premiers jusqu'au troisième qu'il considère comme le véritable but de la vie humaine. Janséniste, il attend tout de la grâce divine pour y parvenir, persuadé que l'homme, réduit à ses seules forces, en est incapable. La Bruyère partage visiblement son pessimisme sur la faiblesse et la misère de la condition humaine, mais nulle part – en tout cas dans les deux chapitres qui nous occupent – il ne semble envisager qu'une intervention de la grâce divine puisse améliorer le monde.

### Du portrait singulier à la foule plurielle

La remarque 50 commence comme un de ces portraits que le lecteur des *Caractères* a pris l'habitude de rencontrer de temps en temps, venant donner un nom et un corps à un caractère autour duquel le texte tournait depuis un certain temps, le *fixant* comme on dit en photographie. Ainsi en était-il par exemple, dans le chapitre « De la cour », pour Cimon et Clitandre (19) ou pour Théodote (61), et, dans ce chapitre « Des grands », pour Théophile (15) ou pour Aristarque (45). Le portrait de Pamphile n'occupe guère d'abord que sept à huit lignes dans la IV$^{e}$ édition (1689). Dans la VI$^{e}$ édition (1691), La Bruyère l'étoffe et le complète, mais il désigne désormais son personnage comme « un Pamphile » : ils sont donc plusieurs à pouvoir endosser ce nom, ce qui s'accorde mal avec la prétention d'excellence du premier Pamphile. Cette addition, en sa fin, va même jusqu'à donner à voir « les Pamphiles », pluriel sur lequel rebondit une nouvelle addition dans la VII$^{e}$ édition (1692). Cette fois, le Pamphile prolifère et pullule, comme une colonie d'insectes : le contraire même de la distinction des êtres uniques que se croient les grands.

REMARQUES 1, 8, 9, 14, 15, 16, 33, 37, 38, 43, 51, 52, 55, 56)

## La mauvaise manière de se comporter avec les grands

RÉSUMÉ

L'objet de l'observation change, dans cette deuxième série de remarques. Il ne s'agit plus des grands eux-mêmes, mais de ceux qui les entourent et qui ont affaire à eux. Non seulement ceux-ci s'y prennent mal avec ceux-là, mais leur comportement conforte et aggrave encore la morgue qui est naturelle aux grands. Ils les admirent sans condition et de façon « aveugle » (2) ; ils épousent leurs jugements sans les mettre le moins du monde en question (8) ; ils ne songent pas qu'au lieu d'attendre d'avoir à se plaindre d'eux, ils pourraient tout simplement ne plus les fréquenter (9) : Lucile « use » sa vie dans cette erreur (14). S'ils s'en éloignent, un seul geste de (feinte) sympathie du grand suffit à les réengager sous son influence (16). Ils croient qu'il est glorieux de devenir le conseiller des grands (de les « gouverner »), et cette ambition est devenue chez Théophile une manie, une véritable obsession, une « incurable maladie » (15). Les domestiques mêmes des grands partagent leur orgueil et se croient eux aussi supérieurs à tout le monde (33). On veut à toute force montrer la familiarité où l'on est avec les grands et on affirme à la cantonade qu'on n'a qu'à se louer d'eux: on se loue ainsi soi-même d'être tant en faveur auprès des puissants (37). Parfois on accepte même de se faire leur complice dans une affaire douteuse... et l'on est bien sûr seul à en répondre: homme de paille, lampiste (38).

En fin de chapitre, comme dans le chapitre « De la cour », La Bruyère quitte le ton de la dénonciation pour retrouver celui du conseil. La conduite des grands serait peut-être moins mauvaise si on leur donnait, quand ils sont jeunes, une autre éducation (43). Au lieu de les haïr et de les envier, ignorons-les, et contentons-nous de ce que nous sommes (51) : le seul moyen de désamorcer leur supériorité et de n'en pas souffrir, c'est de n'avoir, à leur endroit, ni « crainte » ni « espérance » (52). Quand ils meurent, évitons de participer à tout le bruit qui se fait, en bien (« éloges ») comme en mal (« satire »), autour de leur mémoire (55) et, de manière générale, taisons-nous à leur sujet (56). Telle est la conclusion paradoxale d'un chapitre où, loin de se taire, le moraliste a longuement analysé le phénomène moral et social représenté par les grands.

### Un système sociopolitique autorégulé

Les grands font dans la démesure. Et pourtant, La Bruyère laisse malicieusement entendre qu'ils pourraient encore aller plus loin. On s'y prend si mal avec eux, on leur accorde une telle importance que c'est miracle s'ils n'en profitent pas encore davantage. Il feint de les croire capables d'une louable modération (6), mais en réalité il met un peu plus en lumière leurs défauts en ayant l'air de les justifier par un nécessaire équilibre : les grands ont tout ; si, en plus, ils étaient bons, ce serait vraiment trop (1) ! Et s'ils estimaient les gens qui les flattent, leur vanité n'aurait plus de bornes ; heureusement, ils les méprisent (18) !

Du jugement moral sur le comportement de chacun, La Bruyère passe ainsi à la description d'un système politique autorégulé. Le monde va mal, mais il pourrait aller plus mal encore. Contempler l'espace du mal, c'est aussi accepter de lever les yeux vers l'horizon du pire. Toute imparfaite qu'elle est, l'organisation du monde demande peut-être moins d'être radicalement bouleversée que réformée et améliorée dans le détail par la lucidité, la vigilance et l'effort moral de chacun, à la place qu'il occupe. On comprend là l'un des aspects du « conservatisme » – qu'on peut dire « réformiste » – de La Bruyère.

### L'ironie, un procédé pédagogique non directif

Les remarques citées dans le paragraphe précédent sont un bon exemple de l'emploi que La Bruyère sait faire de l'ironie. Celle-ci consiste à présenter les éléments d'une situation assez problématique pour obliger à prendre parti, sans indiquer clairement quel parti on invite à prendre, et en suggérant même de fausses pistes à celui qui doit s'engager. Ainsi, dès la première remarque du chapitre, on ne sait qui La Bruyère vise : le grand (il est entendu qu'il n'est jamais bon) ou le peuple (son admiration est naïve, aveugle et excessive). Le lecteur est aux prises non seulement avec cette question, mais avec une autre : la remarque du moraliste est-elle positive ou négative ? Veut-il dire : « Tu crois que je déplore ce fait ? Au contraire je m'en réjouis », ou : « Tu as cru comprendre que je m'en réjouis ? Au contraire je le déplore » ?

L'ironie est parfois un pur procédé pédagogique pour aider l'autre à trouver lui-même la bonne réponse, qu'on connaît et dont la révélation n'est que retardée. C'est celle que pratiquait Socrate dans les *Dialogues* de Platon. Parfois, au contraire, la question qu'elle introduit ne trouve pas de réponse. À nous alors d'en inventer une... ou de rester dans le suspens.

À l'autre bout du chapitre (55), l'ironie s'exerce à nouveau, avec un manque de directivité qui touche à la provocation : l'éloge et la satire d'un grand, à sa mort, sont à éviter, parce qu'il ne mérite ni l'un ni l'autre (La Bruyère n'évoque pas le cas où il mériterait l'un des deux)... sauf quand il mérite les deux (La Bruyère ne précise pas s'ils sont encore à éviter, dans ce cas).

**REMARQUES 3, 5, 7, 11, 12, 22, 23, 24, 25, 28, 29, 30, 34, 35, 36, 39, 40, 41, 42, 47, 53**

# Le sens de la confrontation entre grands et non-grands

**RÉSUMÉ**

Cette confrontation entre grands et non-grands aboutit à une sorte de match nul. Ou plutôt, les uns et les autres ont perdu, et personne n'a gagné. Personne ? Une troisième série de remarques dépasse ce bilan décevant et cherche à tirer quelque profit – quelque leçon – des constatations affligeantes que la réalité a obligé à faire.

La première leçon est celle d'une égalité entre tous les hommes. Son principe est clairement affirmé : nous descendons tous d'un même sang, et il n'y a pas de « sang bleu » qui coulerait dans les veines d'une « race » de grands, destinée par la nature à commander et à être servie (47). Certes, le monde est composé de conditions sociales très inégales, mais toutes les conditions ont leurs avantages et leurs inconvénients qui se compensent, et chacune trouve son plaisir et son accomplissement dans le rôle qui lui est dévolu : les grands dans celui de dominer, les petits dans celui d'être dominés (5). Pour le reste, aucune différence de fond : les uns et les autres sont menés par l'égoïsme « naturel » (29) et, quand ils s'enivrent, seule la qualité du vin les distingue (28).

La remarque 53 entre dans le détail de cette fraternité générale, par un de ses côtés les moins brillants et les moins « fraternels », justement : les histoires de famille, les brouilles, les injures et les médisances sont aussi sordides chez les grands que chez les petits. Cette remarque met en évidence un mot fort important, le mot « peuple ». Très en avance sur son temps, La Bruyère distingue le sens sociologique du terme (la classe inférieure) de son sens moral (la grossièreté populaire, la vulgarité). Si le premier sens ne s'applique évidemment pas aux grands, le deuxième leur convient parfaitement : de ce point de vue, ils sont « peuple ».

En jouant encore un peu sur le mot et en lui attribuant un troisième sens, voilà donc posé le principe d'une solidarité de cette communauté nationale qu'on appelle un peuple. C'est en traversant son histoire et en suivant sa destinée que le peuple français en est venu à l'organisation actuelle de la monarchie. Chacun en est partie prenante, chacun y a sa fonction. La classe populaire n'a pas toujours assumé cette responsabilité : « Blâmons le peuple où il serait ridicule de vouloir l'excuser » (22). Trop primaire pour le jeu politique, il en a été à juste titre exclu et tenu à l'écart. Mais les grands, qui en ont saisi les rênes, ont peu à peu oublié que c'était pour la collectivité qu'elles leur avaient été confiées, et non pour eux-mêmes. À l'époque féodale leur bravoure était certaine, et il leur en reste quelque chose (41). Ils étaient capables d'exposer « leur vie pour le salut de l'État » (40). Mais maintenant, au lieu de représenter et de défendre le peuple, ils ne pensent qu'à s'en distinguer (23), et le service de l'État, qu'ils négligent, est assuré par d'autres (des bourgeois, comme Colbert) qui méritent vraiment, eux, le nom de « citoyens » (24).

En somme, le plus grand reproche fait aux grands a rapport au mérite. Ils ont perdu le leur, mais croient toujours l'avoir ; de plus, eux qui se posent en arbitres du « goût » (42), ils ne savent pas le reconnaître chez ceux qui en ont vraiment (21). Ils ont pourtant la chance de les avoir parfois à leur service (3), qu'ils payent par l'ingratitude (7) ou par la hautaine ignorance (35). Et pourtant les « gens d'esprit » leur sont bien utiles, pour entretenir leur réputation dans l'opinion publique (34).

## REPÈRES POUR LA LECTURE

### La Bruyère dans la société des grands

Il est probable que La Bruyère se range lui-même parmi les « gens d'esprit » qui parlent des grands au public (c'est ce qu'il est en train de faire) et parmi les hommes de mérite qui ne sont pas reconnus et traités comme ils devraient l'être. Dans l'insistance et le ton d'amertume que l'on ressent dans les remarques 3, 7, 13, 21, 34 et 35 – comme déjà, dans le chapitre « De la cour », aux remarques 27, 30, 31, 39, 40, 53, 58 –, il y a plus que l'indignation du moraliste devant une telle inversion des valeurs et celle du citoyen devant un tel gâchis. Il y a sans doute toute une expérience vécue de l'humiliation, de la brimade injustifiée, pur caprice des grands dont l'écrivain fut longtemps le « subalterne ». Ce mot, que l'on trouve dans la remarque 21, est bien difficile à supporter quand on est en position de précepteur en face d'un prince indocile et distrait, la tête pleine surtout de toutes ces « vanités » que le moraliste passe son temps à dénoncer. Dans la maison des Condé, avec le jeune duc de Bourbon, son élève, La Bruyère a dû plus d'une fois souffrir de n'avoir pas, par sa position sociale, l'autorité qu'aurait demandée sa fonction d'enseignant. Les études exigent des efforts, la vérité n'est pas toujours facile à accepter, la morale va souvent à l'encontre de l'instinct : comment faire avec un prince dont le caprice est tout-puissant ?

Tout en assurant sa subsistance et en le protégeant, les Condé ne semblent pas avoir eu la moindre conscience du fait qu'ils avaient à leur service l'un des plus grands écrivains de l'époque.

**« Je veux être peuple »**

Il y a beaucoup d'interventions directes de La Bruyère dans son texte, où il emploie le *je*; mais il y en a peu d'aussi vibrantes, d'aussi sonores que celle qui termine la remarque 25. Si l'on y réfléchit bien, elle représente un coup de force et constitue un propos très subversif. Comparer les deux conditions des grands et du peuple, c'était le propos normal d'un analyste des mœurs de son temps. Donner la préférence au peuple quant à la bonté, à l'utilité, à la franchise, à l'« âme », au « fond », c'était exercer le droit d'évaluation qu'a tout moraliste. Mais imaginer seulement que la possibilité soit offerte à un « petit » de devenir « grand », pour se donner le plaisir de la refuser est d'une rare audace. On ne peut pas prêter à La Bruyère une quelconque perspective « révolutionnaire », mais ce propos est l'un de ceux qui, à l'aube du XVIII^e^ siècle, ont rendu possible une telle perspective.

DEUXIÈME PARTIE

# Problématiques essentielles

# 1 Le contexte littéraire et culturel

## L'ÉPOQUE CLASSIQUE

### Qu'est-ce que le classicisme ?

Après une longue période de troubles (Réforme et Contre-Réforme, guerres de Religion, assassinat des rois Henri III et Henri IV, Fronde...), les Français, vers le milieu du XVII^e siècle, aspirent à la paix et à l'ordre. Un roi leur échoit, qui est tout disposé à les leur procurer, quitte à s'en attribuer le mérite au bénéfice de sa propre gloire. Quitte aussi à exercer une autorité absolue, c'est-à-dire sans partage et sans contestation. Tout le monde semble avoir à gagner à ce pacte tacite qui se met en place vers 1660, lorsque Louis XIV, roi de France depuis 1643, décide d'exercer personnellement le pouvoir.

On s'accorde à appeler « classique » la période 1660-1685 au cours de laquelle, ayant effectivement rétabli l'ordre politique et économique dans le royaume, et de plus auréolé de ses victoires contre les ennemis extérieurs, le Roi-Soleil, nouvel Apollon, encourage tous les arts comme on ne l'avait pas fait, peut-être, sur une aussi grande échelle, depuis les Médicis à Florence (XV^e-XVI^e siècles), voire depuis l'empereur Auguste à Rome (27 av. J.-C. – 14 apr. J.-C.) ou le grand Périclès à Athènes (IV^e siècle av. J.-C.).

### Une floraison artistique

En effet, dans tous les domaines fleurissent les génies créateurs, et leurs réalisations rivalisent d'harmonie, d'équilibre, de hauteur d'inspiration et de perfection formelle : l'architecture (Le

Vau, François Mansart, Jules Hardouin-Mansart), les jardins (Le Nôtre), la peinture (Claude Lorrain, Poussin, Le Brun, Mignard), la sculpture (Girardon, Coyzevox), la tapisserie (les Gobelins), la musique (Lulli, Charpentier, Couperin), la danse (Beauchamp) et, couronnant le tout, car elle est seule capable de glorifier tous les autres arts, la littérature.

Cette époque est si riche en grands écrivains, illustrant d'un seul coup tous les genres, qu'on la croit capable de donner son exemple à toutes les générations à venir et, à ce titre, digne d'être enseignée dans les *classes* (sens du terme *classique*). Corneille, Molière, Racine, Descartes, Pascal, La Rochefoucauld, Boileau, La Fontaine, Bossuet, Mme de Lafayette, Mme de Sévigné figurent encore aujourd'hui parmi les plus grands écrivains de tous les temps, et tous leurs chefs-d'œuvre ont été écrits en l'espace d'une génération. La Bruyère appartient encore à cette génération, partage ses idéaux et participe de son génie, dont il fait d'ailleurs, à sa manière, une sorte de synthèse.

## *LES CARACTÈRES*, UNE SYNTHÈSE DU CLASSICISME

Dans la décennie 1685-1695, la plupart des grandes œuvres classiques ont déjà vu le jour et La Bruyère, qui s'est imprégné de leur esprit et de leur beauté, en donne comme une synthèse dans ses *Caractères*. Dans la ligne de Montaigne (1533-1592) qui, en se prenant lui-même comme objet d'étude, avait fait le bilan critique de la Renaissance humaniste, le XVIIe siècle s'est attaché à comprendre l'homme. L'homme dans sa généralité et dans tout ce que sa nature a de permanent, mais aussi l'homme dans toutes ses dimensions et dans toutes les situations où la vie le place.

### L'homme au centre de tout

Modifiant d'un coup tout l'horizon de l'idéologie, Descartes a confié à l'homme individuel le rôle éminent d'être le premier support solide de toute la philosophie, en faisant de sa pensée la preuve de son être et la seule vérité vraiment irréfutable (*cogito ergo sum*, « je pense donc je suis »). Corneille et Racine ont mis en scène les grandeurs et les faiblesses de l'homme telles qu'elles se révèlent dans des circonstances dramatiques extrêmes. Molière a impitoyablement traqué ses travers et ses manies et l'a astucieusement amené à en rire. Mlle de Scudéry et d'autres romanciers ont suivi l'homme – et parfois même l'ont devancé – dans ses rêves les plus échevelés de destinées fabuleuses. La Fontaine a encouragé sa recherche de sagesse et d'équilibre, dans un monde violent et dangereux. Pascal et d'autres moralistes du courant janséniste ont décrit la misère de sa condition, déchirée entre le charnel et le spirituel. Bossuet et les autres prédicateurs chrétiens l'ont sommé de prendre acte de sa nature déchue, afin de rester humble et soumis aux autorités, et de ne viser le bonheur que dans l'autre monde. La Rochefoucauld l'a montré capable du pire quand il s'abandonne à sa passion la plus constante, l'amour-propre ; et Mme de Sévigné l'a montré capable du meilleur quand il libère en lui les forces de la bienveillance et de la fantaisie.

## Un héritier polyvalent

La Bruyère est et se veut l'héritier de tous ces écrivains, non pas pour souscrire à leurs réponses – d'ailleurs assez contradictoires – ni pour s'en tenir à leurs définitions, mais pour reposer, après eux, les mêmes questions sur le même objet. Et ce n'est pas un hasard si l'on trouve à la fois sous sa plume la tournure philosophique et le dialogue dramatique, la maxime du moraliste et l'éloquence de l'orateur, le grave et le familier, le romanesque et le descriptif, le sérieux et le burlesque

## *LES CARACTÈRES*, UNE REMISE EN CAUSE DU CLASSICISME

### L'idéal et la réalité

Ainsi, bien qu'elle s'inspire et profite de tout un mouvement d'enquête et d'analyse sur l'homme, et de son élan, cette synthèse ne se présente pourtant pas sous la forme d'un chant triomphal. C'est que l'homme vivant n'est pas du tout à la hauteur de l'homme idéal des œuvres classiques. Les imperfections que celles-ci prétendaient corriger (manies ridicules chez Molière, manque d'expérience chez La Fontaine, divertissement chez Pascal, amour-propre chez La Rochefoucauld, faiblesse pécheresse chez Bossuet) sont devenues au contraire la règle générale. Pire: ce qu'il y avait de grandeur, même dans le doute, la souffrance et la chute (chez Corneille par exemple), a fait place à une confusion des valeurs où la fausse grandeur remplace la vraie. Ainsi l'action est devenue un pur activisme, l'amitié un calcul. La gloriole a pris la place du mérite et l'avoir celle de l'être. Comme le courtisan dans le décor splendide de Versailles, comme le grand dans l'éclat mensonger de son prestige, tous ne vivent plus que d'apparences qui ne correspondent à aucun fond solide. La grande unité postulée par toute l'esthétique classique a éclaté en un monde fragmenté, cloisonné, sans autres règles que l'égoïsme, l'intérêt, l'envie, le quant-à-soi et le mépris de l'autre.

### La restauration d'un humanisme

Sans doute le problème était-il mal posé. Sans le dire explicitement, La Bruyère semble, en élaborant ses *Caractères*, chercher une manière de le poser mieux. Il ne confronte plus l'homme vivant à sa « nature », considérée comme une donnée permanente et fixe, ni à sa « vocation » spirituelle, considérée comme inconciliable avec son bonheur ici-bas. Il le plonge au contraire dans le mouvement concret et actuel de l'existence sociale. Là, il le contraint de prendre conscience d'un dysfonctionnement généralisé. Et sans lui ôter la responsabilité de ses actes, il rend évident le fait que chacun, pour sa part, n'y peut pas grand-chose : c'est le système tout entier qui est faussé, paralysé, absurde. Système moral (les valeurs inversées), système social (la concurrence sauvage au lieu de la collaboration), système politique (l'absolutisme bloquant et les hiérarchies bloquées). On pourrait même aller jusqu'au système idéologique, puisque La Bruyère montre ses contemporains se représentant la vie comme un éternel présent, sans considération du passé ni de l'avenir. C'est donc une autre idée de l'homme que les *Caractères* vont dessiner en creux et proposer, pour que soit restauré, s'il se peut, cet humanisme que le classicisme a, après tout, manqué.

## VERS LE SIÈCLE DES LUMIÈRES

Il n'est pas question de faire de La Bruyère un précurseur des Lumières, un « philosophe » avant la lettre. Mais le constat d'échec qu'il a dressé préparait bien le terrain pour la bataille qu'allait engager le XVIIIe siècle, de Pierre Bayle à Jean-Jacques Rousseau.

La lecture des *Caractères* nous met en effet à même de prendre, devant les problèmes du monde, la position qu'ont adoptée les philosophes : exercice libre et conquérant de la raison critique (comme Bayle et Fontenelle) ; dénonciation des masques et des mensonges dont se servent les puissances d'oppression (comme Voltaire) ; recherche de lois objectives organisant le fonctionnement des sociétés humaines (comme Montesquieu) et souci d'améliorer ce fonctionnement (comme Rousseau) ; optimisme lié à la croyance au progrès (comme Marivaux ou Diderot). L'optimisme de La Bruyère, c'est la manière dont il s'adresse à son lecteur : il fait de lui son complice, et le pense donc déjà sorti du bourbier social et de l'infantilisme politique qu'il décrit.

Ainsi, écrits et publiés à un moment où le bel édifice construit par Louis XIV commence à se fissurer, *Les Caractères* se présentent bien comme une œuvre charnière entre la grande génération classique et le mouvement libérateur des Lumières.

# 2 L'écriture morale

## QU'EST-CE QU'UN MORALISTE ?

Au sens strict du mot, c'est un homme qui met par écrit les observations qu'il a faites sur le comportement de ses semblables. Cela peut prendre la forme d'un traité scientifique et didactique, mais si le spécialiste des mœurs (« morale » vient du latin *mores*, « manières d'agir, mœurs ») est aussi un artiste, son livre prend place dans la littérature et y appartient à un genre appelé « l'écriture morale ».

### Sous le signe de Théophraste

Tel est bien le cas de La Bruyère, qui n'a guère publié que *Les Caractères* (ses seuls autres écrits sont son *Discours de réception à l'Académie* et des *Dialogues sur le quiétisme*, inachevés). Encore les a-t-il publiés sous la caution de Théophraste, moraliste grec mort au IIIe siècle avant Jésus-Christ. En 1688, il présente son propre texte comme un modeste ajout à celui de l'illustre Ancien qu'il traduit: « Les Caractères de Théophraste, traduits du grec, avec les Caractères ou les Mœurs de ce siècle ». Les éditions postérieures feront de plus en plus restreinte la part de Théophraste et de plus en plus grande celle de La Bruyère, qui, cependant, ne signera jamais de son nom cet ouvrage illustrant doublement, par la traduction et par l'adaptation, l'écriture morale.

### Un genre parmi d'autres

Toutefois, ce genre n'est pas isolé dans la littérature. Vu l'objet dont elle se préoccupe, l'écriture morale entretient des affinités avec beaucoup d'autres genres : le philosophique, le dramatique, l'épistolaire, ceux aussi de la poésie satirique et du sermon. Ce qui caractérise donc le moraliste n'est pas tant l'objet de son propos que la manière dont il l'énonce et la finalité qu'il lui donne. On peut dire, pour simplifier, que, de ce point de vue, il y a trois sortes de propos moral, selon que le moraliste se comporte en savant, en prêcheur ou en ami.

## LES TROIS PROPOS DU MORALISTE

### Le moraliste descriptif

Observateur de ses contemporains, il rend compte objectivement de l'examen qu'il en fait, comme le fait un scientifique pour le phénomène dont il s'occupe. Il décrit leurs actions, analyse leurs causes et étudie leurs conséquences visibles. Il rapproche celles qui se ressemblent et ébauche, en les classant, une typologie des caractères. C'est la manière de Théophraste, disciple d'Aristote. L'objectivité du modèle grec de La Bruyère est pourtant relative. En effet, décrivant surtout des défauts (« De la dissimulation », « De l'effronterie causée par l'avarice », « De l'esprit chagrin », etc.), il est tout naturellement amené à en regretter l'existence et à les condamner.

### Le moraliste prescriptif (ou normatif)

Il ne part plus du réel observé, mais des principes qui sous-tendent un système de valeurs (le plus souvent – mais pas nécessairement – religieux). Le classement, ici, devient simple parce qu'il est manichéen : il y a d'un côté le bien – ce qui est conforme à ce système de valeurs – et de l'autre le mal – ce qui ne le respecte pas. Le discours se fait persuasif, voire injonctif, et peut s'accompagner de tout un arsenal de menaces à l'adresse des insoumis.

### Le moraliste suggestif

Sans se faire l'apôtre d'un système de valeurs précis et contraignant, mais sans ignorer les principaux (loi naturelle, code religieux ou civique), le moraliste ne s'interdit pas de situer toutes les actions qu'il décrit sur une échelle de valeurs. Celle-ci n'a pour fondement que sa propre conscience et l'écho que cette dernière est susceptible d'éveiller dans la conscience de son lecteur. Un des moyens les plus propres à créer cet écho est l'ironie.

Quoiqu'il semble parfois jouer le rôle du premier moraliste, voire celui du deuxième, c'est surtout dans le troisième qu'on reconnaîtra La Bruyère.

## LES AUTRES MORALISTES DU XVIIe SIÈCLE

### Les poètes

On peut dire que Molière (1622-1673) est un moraliste, puisqu'il peint les mœurs de son temps (exemple: *Les Précieuses ridicules*, 1659), et que le dénouement de ses comédies comporte une ou plusieurs leçon(s) qu'on peut appeler les « morales » de l'histoire qui a été mise en scène (exemple: *Le Tartuffe*, 1669). De même, La Fontaine (1621-1695) pratique avec la fable un genre qui ne va pas sans « moralité » finale (exemple: « Les Animaux malades de la peste », VII, 1), même si, dans son cas, la moralité est souvent ironique, décalée, double ou ambiguë (exemple: « Le Lion et le Rat », II, 11). De même encore Boileau (1636-1711), lorsqu'il écrit des *Satires* (1661-1705) à la manière des poètes latins Horace et Juvénal, tourne en dérision tel travers contemporain, mais son but est plus d'attaquer que de décrire ou de convaincre (exemple, en 1692, la *Satire X* contre les femmes, surtout dirigée contre les « Modernes », qui avaient plus de partisans dans le sexe féminin que dans l'autre).

## Les apologistes

Pascal (1623-1662, *Pensées* [1669]) et Bossuet (1629-1704, *Sermons* et *Oraisons funèbres*) sont à mettre à part, parce que, chez eux, le discours moral n'est que l'auxiliaire d'un autre discours, apologétique. On appelle ainsi le discours qui argumente pour persuader son destinataire de la vérité et de l'utilité d'une religion. Malgré leurs différences, l'un et l'autre décrivent et analysent la faiblesse morale des hommes pour les convaincre de s'en remettre à la seule instance vraiment forte qui leur soit accessible : la grâce de Dieu pour le premier, l'autorité de l'Église pour le second.

## Les mémorialistes

Ceux que l'on appelle les « mémorialistes » et qui racontent leur propre vie et leurs expériences rencontrent bien sûr très souvent une problématique morale, mais leur objet n'est pas là. Chez le cardinal de Retz (1613-1679, *Mémoires* [1717]) comme chez le duc de Saint-Simon (1675-1755, *Mémoires* [1856-1858]), les principes moraux sont le plus souvent infléchis vers la seule démonstration qui leur importe : celle de l'excellence de leur propre personne, de leur lucidité politique, de leur finesse d'écrivain.

## La Rochefoucauld

Bref, aucun des auteurs cités ci-dessus ne pratique à proprement parler l'écriture morale. Le seul vrai concurrent de La Bruyère dans ce genre, au XVIIe siècle, c'est La Rochefoucauld (1613-1680, *Maximes et sentences morales* [1664]). La forme de son écriture est beaucoup moins variée et son registre beaucoup moins ouvert que ceux de La Bruyère. Il se cantonne essentiellement à la maxime brève, et surtout il a une thèse que ses textes s'efforcent tous d'illustrer : celle de la toute-puissance de l'amour-propre qui étouffe en l'homme tout le reste, toute autre passion et toute vertu.

# 3 La composition des *Caractères*

## UNE DIVISION EN SEIZE CHAPITRES

Depuis la première édition de son ouvrage (1688) jusqu'à la dernière préparée par lui (1696), La Bruyère a réparti ses *Caractères* en seize chapitres indépendants, non numérotés et d'inégale longueur. La forme qu'il a donnée aux titres de ces chapitres n'indique guère de progression logique, argumentative ou démonstrative entre eux.

Le tableau suivant présente ces seize chapitres, en les numérotant pour la commodité, et en indiquant l'importance relative de chacun d'eux dans l'ensemble, d'abord d'après le nombre de « remarques », puis d'après le nombre de pages (IXe édition).

On remarquera que les chapitres VIII et IX se situent en plein milieu du dispositif d'ensemble; que le premier prend place parmi

| | Titre | Nombre de remarques | Rang | Nombre de pages | Rang |
|---|---|---|---|---|---|
| I | Des ouvrages de l'esprit | 69 | 9e | 29 | 6e |
| II | Du mérite personnel | 44 | 12e | 16 | 13e |
| III | Des femmes | 81 | 7e | 25 | 9e |
| IV | Du cœur | 85 | 4e | 15 | 14e |
| V | De la société et de la conversation | 83 | 5e | 28 | 7e |
| VI | Des biens de fortune | 83 | 5e | 26 | 8e |
| VII | De la ville | 22 | 16e | 15 | 14e |
| VIII | De la cour | 101 | 3e | 33 | 3e |
| IX | Des grands | 56 | 10e | 21 | 10e |
| X | Du souverain ou de la république | 35 | 13e | 21 | 10e |
| XI | De l'homme | 158 | 1er | 53 | 1er |
| XII | Des jugements | 119 | 2e | 44 | 2e |
| XIII | De la mode | 31 | 14e | 20 | 12e |
| XIV | De quelques usages | 73 | 8e | 32 | 4e |
| XV | De la chaire | 30 | 15e | 13 | 16e |
| XVI | Des esprits forts | 50 | 11e | 30 | 5e |

les chapitres les plus étoffés (3e) et le second au début du groupe des moins longs (10e) ; que le chapitre VIII fait couple avec celui qui le précède (la Ville/la Cour) et le chapitre IX avec celui qui le suit (les grands/le souverain).

## UNE IMPRESSION DE DÉSORDRE

### Dans l'ensemble des chapitres

La suite des chapitres ne rend pas sensible une ligne directrice bien marquée. Certains groupements peuvent être opérés dans le détail (III-IV, VII-VIII, VIII-IX, IX-X, XIII-XIV), voire à une échelle un peu plus vaste (le champ sociopolitique, regroupant les chapitres VI, VII, VIII, IX, X), mais aucune finalité claire n'organise l'ensemble.

Certes, les deux derniers chapitres (XV et XVI) quittent le terrain profane pour des considérations religieuses, mais il peut s'agir d'une pure convenance et rien, dans ce qui précède, ne semble appeler, rendre nécessaire ce type de réponse aux apories[1] de la vie terrestre. C'est ce qui différencie fortement La Bruyère de Pascal, par exemple, pour qui seule la foi en l'au-delà chrétien donne sens à l'évidente et douloureuse misère de la condition humaine.

### À l'intérieur de chaque chapitre

À l'intérieur de chaque chapitre, l'impression de désordre est la même. Ils sont de longueur très inégale, et chacun est composé de morceaux séparés, de longueur, de forme et de ton extrêmement variables. Il paraît même difficile de désigner ces morceaux par un terme unique, certains se réduisant à la *maxime*, d'autres allant jusqu'aux dimensions d'un argument de *nouvelle*.

Enfin, le texte de ces morceaux, significativement appelés « remarques », est rarement *achevé*. Même quand sa fin présente

1. *Apories* : difficultés insurmontables, questions sans réponse.

une « chute » dont l'effet est bien préparé et qui semble donner le dernier mot, le texte est toujours susceptible de se modifier, le plus souvent de s'accroître. C'est ce que montre l'évolution du texte dans les neuf éditions données par l'auteur, puisqu'on y passe de 420 à 1 120 remarques, sans compter les ajouts apportés à l'intérieur même des remarques antérieures.

## UN PLAN D'ENSEMBLE ?

### Les affirmations de La Bruyère

Y a-t-il un plan d'ensemble des *Caractères* ? La question a été si débattue depuis l'époque de La Bruyère jusqu'à nos jours qu'il faut se rendre à une double évidence : elle est insoluble, et on ne peut pas ne pas la poser. L'auteur lui-même a entretenu le suspens. Il déclare, au moment de la première édition (dans le « Discours sur Théophraste » qui ouvre le livre), que, contrairement à Pascal et à La Rochefoucauld qui avaient une doctrine,

> il ne tend qu'à rendre l'homme raisonnable, mais par des voies simples et communes, et en l'examinant indifféremment, sans beaucoup de méthode, et selon que les divers chapitres y conduisent, par les âges, les sexes, les conditions, et par les vices, les faibles et le ridicule qui y sont attachés.

Mais, dans la préface de la VIII$^{e}$ édition (1694), il demande qu'on ne perde pas de vue les « raisons qui entrent dans l'ordre des chapitres et dans une certaine suite insensible des réflexions qui les composent ». Il va plus loin encore dans la Préface de son « Discours à l'Académie » :

> [...] de seize chapitres qui le composent, il y en a quinze qui, s'attachant à découvrir le faux et le ridicule qui se rencontrent dans l'objet des passions et des attachements humains, ne tendent qu'à ruiner tous les obstacles qui affaiblissent d'abord, et qui éteignent ensuite dans tous les hommes la connaissance de Dieu. [...] ainsi ils ne sont que des préparations au seizième et dernier chapitre, où l'athéisme est attaqué, et peut-être confondu.

Laquelle de ces deux déclarations faut-il croire ?

## L’opinion de la critique

Les contemporains de La Bruyère, habitués à l’ordre classique, ont plutôt été sensibles au défaut de composition de l’ouvrage. Boileau, avec un certain dégoût, parle d’un style « prophétique » (c’est-à-dire brusque et difficile à comprendre). *Le Mercure Galant*[1] évoque un « amas de pièces détachées », et Valincour croit comprendre les raisons de ce choix chez La Bruyère : « La crainte de paraître pédant l’avait jeté dans le ridicule opposé, qu’on ne saurait définir... » Pas de mot, en effet, pour qualifier ce contraire du pédantisme qui, lui, aurait composé un traité de morale bien théorique et bien charpenté.

Par la suite, la critique a souvent repris le même discours. Taine[2] parle de « vérités de détail » et remarque que « ces vues éparses » ne conduisent pas « à une idée unique ». Julien Benda, l’éditeur des *Caractères* dans « La Pléiade », dit que ce fut « le premier de nos grands livres qui refusât vraiment de s’organiser autour d’un thème central ». Sainte-Beuve[3], pourtant, ne croit pas l’affaire entendue: « La composition, pour être dissimulée, n’en est point absente. » Le grand mot est lâché: « dissimulée » : de quoi susciter le zèle d’autres critiques qui ont périodiquement proposé un « vrai » schéma de ce plan caché.

On ne passera pas en revue ici ces schémas, tous possibles, tous discutables, et dont aucun n’a réussi à s’imposer. On se contentera de suggérer quelques-unes des raisons probables de cet inachèvement, puis de signaler quelques éléments irréfutables de structuration de cet ensemble textuel qui, pour n’être pas composé de manière classique, n’en est pas pour autant aussi composite qu’il paraît.

---

**1.** *Le Mercure galant*: journal littéraire de l’époque.
**2.** *Taine*: écrivain et critique du XIXe siècle.
**3.** *Sainte-Beuve*: grand critique littéraire de l’époque romantique.

## Un désordre motivé

La Bruyère avait bien des raisons de ne pas enfermer son propos dans un plan rigoureux.

– Raisons de tempérament : il écrit « par humeur » (*cf.* I, 17, 64), selon l'inspiration du moment, selon « les occasions ».

– Raisons de fond : il n'a pas de doctrine préconçue, de thèse à soutenir ; pour lui, l'homme est avant tout une source inépuisable d'étonnement et un spectacle toujours renouvelé, comme celui d'un kaléidoscope.

– Raisons de méthode : l'observation précédant chez lui le discours, celui-ci se trouve d'emblée soumis aux surprises plurielles de celle-là, c'est-à-dire du mouvement imprévisible de la vie.

– Raisons esthétiques enfin : dans la tradition « mondaine » de la littérature du XVIIe siècle, il est exclu d'aborder quelque sujet que ce soit d'une façon docte, érudite, pédante. Jouer les Trissotin (Molière, *Les Femmes savantes*), c'est s'exposer au ridicule. Il faut plaire pour instruire, et l'on ne plaît pas par des démonstrations pesantes en style d'école, mais par le concret, le pittoresque, le piquant, la variété. « Diversité, c'est ma devise », disait aussi La Fontaine.

## Un désordre délibéré

Il est probable que La Bruyère n'a pas seulement subi et assumé ces diverses déterminations, mais qu'il a délibérément choisi de dérober à son lecteur tout ordre visible, sans pourtant renoncer à toute idée d'un ordre possible. L'éclatement de son texte mime en quelque façon celui du monde qu'il décrit, fragmenté, inconséquent. Le moraliste voit ses contemporains si passifs en face de cette inconséquence, si prêts à l'accepter comme normale, qu'il éprouve le besoin de les réveiller en les secouant, pour ainsi dire, par les éclats renouvelés d'un texte au rythme syncopé. Enfin, l'écrivain se donne ainsi la possibilité de revenir sans cesse sur son texte pour le modifier, l'enrichir, le diversifier. Ne pas structurer une œuvre de manière stricte et définitive, c'est aussi cela : la laisser ouverte, laisser entre les éléments qui la composent du jeu, pour l'auteur lui-même, qui la remanie, pour le lecteur, qui doit la lire de façon plus active, pour l'avenir...

## DES ÉLÉMENTS DE STRUCTURATION

Le désordre apparent est donc voulu et fait partie intégrante du projet de La Bruyère. Cependant, la dispersion n'est pas totale. Il existe des éléments qui permettent d'apercevoir la possibilité de certains regroupements.

### Chapitres I à V : préface à la vie de cour

On peut ainsi comprendre les cinq premiers chapitres comme une mise en situation de plus en plus précise de l'objet qui va être examiné :

- il le sera dans un livre (chap. I) ;
- par un homme sage dont le point de vue sera exigeant (chap. II) ;
- cet objet n'est pas dépourvu de sentiment (chap. III et IV) ;
- il a l'occasion d'exercer ce sentiment, son affectivité, dans la société où il vit (chap. V).

Or, comment fonctionne cette société ?

### Chapitres VI à X : la société et le pouvoir

Un deuxième ensemble, composé des chapitres VI à X, vient le préciser, dans un ordre qu'on peut dire hiérarchique :

- cette société est complètement pervertie par l'argent (chap. VI) ;
- elle est divisée en clans qui s'épient et se jalousent, dans une frivolité stérile (chap. VII), ou dans une ambition insatiable (chap. VIII) ;
- elle a pour modèles des personnages qui n'ont rien conservé de leur grandeur passée, sinon l'illusion de l'avoir encore (chap. IX) ;
- enfin la clé de voûte de l'édifice est un souverain dont on aimerait croire qu'il incarne vraiment la « république », c'est-à-dire l'intérêt et le bonheur de tous (chap. X).

### Chapitres XI à XVI : de la société à Dieu

Après le roi, on ne peut monter plus haut dans la hiérarchie, sinon jusqu'à Dieu. Ayant fini d'observer l'homme social aux prises avec les problèmes de son organisation sociopolitique, La Bruyère revient au point de départ pour étudier, cette fois :

- l'homme individuel (chap. XI) aux prises avec la faiblesse de son esprit (chap. XII) ;
- avec l'arbitraire de ses « usages » (chap. XIII et XIV) ;
- et enfin avec la question de son salut éternel chap. (chap. XV et XVI).

## LES CHAPITRES VIII (« DE LA COUR ») ET IX (« DES GRANDS »)

Ils forment clairement, au centre exact du livre, un sous-ensemble *aristocratique* à l'intérieur de l'ensemble sociopolitique décrit ci-dessus. Avant eux, un sous-ensemble ploutocratique et bourgeois (VI, VII) ; après eux, un sous-ensemble autocratique, le monarque absolu. Tout cela s'accorde assez mal, puisqu'il est clair que chacun de ces « pouvoirs » (c'est le sens des suffixes grecs *-cratique*, *-cratie* : ploutocratie, « pouvoir des riches » ; aristocratie, « pouvoir des meilleurs » ; autocratie, « pouvoir absolu d'un seul » – « démocratie » manque, et pour cause !) ne peut que tenter de prendre le meilleur sur les autres. Mais ces différents pouvoirs feignent de former un ensemble cohérent. Et c'est, bien sûr, ce que va démentir un examen plus détaillé et approfondi de la cour et des grands, dans les chapitres VIII et IX.

# 4 Les fondements de la morale

On a déjà eu l'occasion de le noter, La Bruyère n'est pas un moraliste dogmatique. Il n'a pas de doctrine arrêtée ni sur la nature du Bien, ni sur la nature ou l'origine du Mal.

## L'ABSENCE DE TOUTE DOCTRINE

### Ni catholicisme orthodoxe

Il est chrétien, assurément, mais il refuse expressément le modèle pascalien, qui « fait servir la métaphysique à la religion, fait connaître l'âme, ses passions, ses vices, traite les grands et les sérieux motifs pour conduire à la vertu, et veut rendre l'homme chrétien » (« Discours sur Théophraste »).

Il est aussi très éloigné du modèle de Bossuet – pourtant son protecteur et son ami – qui, en raison de sa position de prélat de l'Église, ramène le plus souvent la morale à une humble et aveugle soumission à des lois établies. Dans le chapitre XV, « De la chaire », La Bruyère n'est pas très tendre avec l'Église comme institution, et il a la dent dure pour le clergé et en particulier pour les prédicateurs: « Le discours chrétien est devenu un spectacle » (1), ou: « L'orateur cherche par ses discours un évêché » (21).

### Ni jansénisme

Comme tous ses contemporains, La Bruyère a été très marqué par le courant janséniste et, plus généralement, par la pensée de saint Augustin qui, dramatisant à l'extrême la perte du jardin d'Éden (le paradis terrestre de la Bible), marquait l'homme à jamais du péché originel. Cette doctrine professait que seule la grâce divine – que Dieu est libre d'accorder ou non – pouvait permettre à l'homme de surmonter sa nature déchue; la morale, pour les jansénistes, n'était donc qu'un auxiliaire permettant seulement de se mettre en état de recevoir cette grâce, si elle venait.

De la doctrine janséniste, La Bruyère n'a gardé que le premier volet, celui de la chute: comme La Rochefoucauld par exemple, et comme Pascal, il relève partout les preuves de la faiblesse, de la « misère » même d'une nature humaine corrompue. Mais il n'opte ni pour le pessimisme radical de La Rochefoucauld – pour qui cette constatation condamne toute vertu à n'être qu'une apparence mensongère –, ni pour la « folie de la croix » qui, chez Pascal, transforme cette misère en grandeur, avec l'aide de la grâce.

## Ni épicurisme

La Bruyère reste cependant trop chrétien pour adopter les positions du courant épicurien que Montaigne (1533-1592) a remis en honneur au siècle précédent et qui, relayé par le philosophe Gassendi (1592-1655), adversaire de Descartes (1596-1650), et par Saint-Évremond (1610-1703), écrivain contemporain de La Bruyère, ainsi que par La Fontaine, ouvre la voie au matérialisme du siècle des Lumières. Contrairement à ce que penseront Fontenelle, Voltaire et Diderot, l'auteur des *Caractères* ne croit pas la raison humaine, réduite à ses seules forces, capable de transformer les mœurs par l'exercice de la critique, de la connaissance, de la « philosophie ». Il ne lui vient pas non plus à l'idée qu'il pourrait suffire à l'homme de plonger au fond de lui-même pour y retrouver les traces d'une nature originelle bonne, douce et pure, que la civilisation aurait peu à peu déformée et pervertie: Rousseau est encore loin.

Bref, aucune idéologie systématique ne guidera l'auteur des *Caractères* dans l'étrange voyage qu'il entreprend, et que la plupart des autres moralistes n'entreprennent jamais que munis d'une telle idéologie, qu'elle soit religieuse, antireligieuse ou laïque.

## LA PRÉSENCE D'UNE PERSONNALITÉ FORTE

Si la question d'un fondement idéologique précis de la morale de La Bruyère reste ainsi dans l'indécision, ce n'est pourtant pas faute de décision chez le moraliste lui-même. Cette absence de système n'est pas chez lui le signe d'une lâcheté, d'une impuissance à s'engager, d'un scepticisme timoré. Il croit en un certain nombre de choses, s'y engage, n'hésite pas à entrer dans le jeu et à prendre parti. Les chapitres VIII et IX en fournissent de nombreux exemples.

### Des affirmations péremptoires

Certaines règles sont énoncées sur le mode de l'obligation :

> Il faut qu'un honnête homme ait tâté de la cour (« De la cour », 9) ;
> La règle de voir de plus grands que soi doit avoir ses restrictions (« Des grands », 14) ;
> L'on doit se taire sur les puissants (« Des grands », 56) ;

D'autres mettent nettement en scène le *je* qui parle, faisant état de sa volonté :

> Je veux un homme qui soit bon, qui ne soit rien davantage, et qui soit recherché (« De la cour », 31) ;

de sa détermination :

> Ceux qui nuisent à la réputation ou à la fortune des autres plutôt que de perdre un bon mot méritent une peine infamante : cela n'a pas été dit, et je l'ose dire (« De la cour », 80) ;

de ses sentiments :

> Si vous êtes né vicieux, ô Théagène, je vous plains ; si vous le devenez par faiblesse [...] souffrez que je vous méprise (« Des grands », 2) ;

de son sens critique :

> Avez-vous de l'esprit, de la grandeur [...] ? En croirai-je la prévention et la flatterie qui publient hardiment votre mérite ? Elles me sont suspectes, et je les récuse (« Des grands », 20).

D'autres, enfin, apostrophent directement le personnage, comme Théodote à la fin de la remarque 61 du chapitre « De la cour » (voir aussi la remarque 78 de ce même chapitre), ou le lecteur: « Contentons-nous de peu [...] ; sachons perdre dans l'occasion » (« De grands », 51).

Toutes ces formules, tirées des remarques des chapitres VIII et IX, rendent sensible dans tout le texte la présence d'une personnalité très affirmée, qui ne craint pas d'avoir des opinions et de les afficher. L'exemple le plus net et le plus fort reste sans doute le fameux: « Faut-il opter? Je ne balance pas: je veux être peuple. » (« Des grands », 25.)

Comment comprendre et résoudre une telle contradiction entre un homme décidé et sa morale indécidable?

## L'homme de la contradiction

Il faut replacer cette difficulté dans un cadre plus large. Car, sur tous les plans, La Bruyère est l'homme de la contradiction.

Voilà un homme qui s'est fait le spécialiste des mœurs, et nous ignorons à peu près tout de sa propre manière de vivre. Cet entrepreneur de spectacles, qui a mis en scène tous ses contemporains, a laissé le rideau tiré sur sa vie privée : ce curieux est un discret.

Autre contradiction: cet admirateur, chez Corneille, de ce qu'il y a de « grand », de « sublime » (I, « Des ouvrages de l'esprit », 54) se méfie pourtant instinctivement de tout ce qui, dans le monde, est magnifié, exalté, consacré comme grand par la vie sociale et montre volontiers ce qu'il y a d'illusion dans toute grandeur (« De la cour », 6, 19, 20, 32, 57, 60, 62, 65, 84; « Des grands », 4, 11, 19, 20, 21, 29, 41, 50, 53) : c'est une réaction bien connue chez les médiocres, qui se vengent ainsi de ce qui leur est inaccessible, mais tel n'est pas le cas de La Bruyère.

Contradiction encore sur le plan religieux: on l'a vu plus haut, La Bruyère est à la fois trop chrétien pour entrevoir la possibilité d'une morale laïque, épicurienne par exemple, et pas assez chrétien pour miser, après la chute, sur le rachat et la grâce.

Contradiction sur le plan politique: ce critique sévère du régime qu'il voit fonctionner si mal reste un monarchiste convaincu.

Contradiction sur le plan esthétique: celui qui a ressenti mieux que personne les blocages, les fausses symétries, les académismes auxquels menait le classicisme s'est fait le champion le plus obstiné des Anciens.

Une dernière contradiction, qui concerne l'Histoire, est intéressante, parce qu'elle touche au point par lequel La Bruyère est déjà et n'est pas encore un « philosophe » des Lumières (→ PROBLÉMATIQUE 13). Le moraliste peint son temps comme s'il était intemporel, sans faire appel à l'Histoire comme processus dynamique, comme le feront bientôt Bayle, Montesquieu et surtout Voltaire. Et pourtant, par instants, de brusques éclairages viennent, comme des flashes, replacer le présent dans une perspective largement ouverte, qui peut l'être sur le passé, par exemple à propos de

> cette disposition de cœur et d'esprit, qui passe des aïeuls par les pères dans leurs descendants, [...] cette bravoure si familière aux personnes nobles, et peut-être la noblesse même (« Des grands », 41) ;

La perspective peut aussi s'ouvrir sur l'avenir:

> Dans cent ans le monde subsistera encore dans son entier: ce sera le même théâtre et les mêmes décorations, ce ne seront plus les mêmes acteurs [...] Il s'avance déjà sur le théâtre d'autres hommes [...] (« De la cour », 99).

## TROIS PRINCIPES ÉTHIQUES DE BASE

Si ces tensions contraires empêchent La Bruyère de s'enfermer dans un système préexistant, sa position morale n'en est pas pour autant flottante ou opportuniste. On dira qu'il ne professe pas une *morale* à proprement parler, mais une *éthique*[1]. Quelques grands principes permanents arment en effet son jugement et motivent ses principales exigences: l'exigence de vérité, le devoir de constance, la prééminence des qualités de cœur.

**1.** La *morale* est un code prescrivant un certain nombre de choses et en interdisant d'autres, au nom d'une loi. L'*éthique* est une règle de vie que chacun se donne librement, en écoutant sa conscience et en choisissant ses modèles.

## L'exigence de vérité

L'exigence de vérité semble être la toute première loi, tant vis-à-vis des autres qu'à l'égard de soi-même. C'est cette loi qu'on bafoue si souvent à la cour :

> Un homme qui sait la cour est maître de son geste, de ses yeux et de son visage ; il est profond, impénétrable ; il dissimule les mauvais offices, sourit à ses ennemis [...] » (« De la cour », 2).

Le masque, dans « De la cour », est sur tous les visages, et si La Bruyère dit cette « menterie » « innocente » (42), c'est qu'ici « innocente » signifie « sotte », car elle est inutile (43, 44). À son masque on reconnaît Ménophile (48) ! Masques aussi ces « phrases toutes faites », ces « termes de l'art » par lesquels on feint d'être ce qu'on n'est pas (81, 82), ou cette politesse de pure façade qui ne correspond à aucune profondeur : « [...] si vous les enfoncez, vous rencontrez le tuf » (83). Masques encore ces noms ronflants que se donnent les courtisans ou les grands, comme si la qualité de leur être pouvait dépendre de la sonorité d'un nom (« De la cour », 20 ; « Des grands », 23). La question même de cette qualité donne d'ailleurs lieu à l'une des plus grandes audaces que se soit permises La Bruyère dans *Les Caractères* :

> Les grands croient être seuls parfaits, n'admettent qu'à peine dans les autres hommes la droiture d'esprit, l'habileté, la délicatesse, et s'emparent de ces riches talents comme de choses dues à leur naissance. C'est cependant en eux une erreur grossière de se nourrir de si fausses préventions [...] (« Des grands », 19).

La vérité, pour le moraliste, c'est l'égalité de tous les hommes. Elle vaut bien qu'on prenne le risque de heurter de front les préjugés nobiliaires.

## Le devoir de constance

Le devoir de constance est aussi l'une des obligations de base de l'éthique chez La Bruyère. Dans un monde en perpétuel mouvement, c'est la moindre des choses, quand on est un homme, de ne pas varier au premier vent, comme une girouette. Or les girouettes sont partout à la cour. On y oublie soudain ce qu'on était la veille (« De la cour », 24) :

> Un homme qui vient d'être placé ne se sert plus de sa raison et de son esprit pour régler sa conduite et ses dehors à l'égard des autres; il emprunte sa règle de son poste et de son état: de là l'oubli, la fierté, l'arrogance, la dureté, l'ingratitude (« De la cour », 51).

Le mot rebondit en cascade dans tout le chapitre. N'être plus le même parce qu'on a obtenu une promotion, c'est déjà mauvais signe; mais en oublier ses amis de la veille, c'est franchement honteux, et le cas n'est pas rare: « C'est beaucoup tirer de notre ami si, ayant monté à une grande faveur, il est encore un homme de notre connaissance » (« De la cour », 25; *cf.* aussi 28). Chez les grands, l'ingratitude est courante et volontiers cynique:

> Il est vieux et usé, dit un grand; il s'est crevé à me suivre: qu'en faire? Un autre, plus jeune, enlève ses espérances, et obtient le poste qu'on ne refuse à ce malheureux que parce qu'il l'a trop mérité (« Des grands », 7).

On oublie même d'un jour à l'autre ce que l'on disait la veille. Les exemples foisonnent à la cour (« De la cour », 26, 32, 52, 56), au point de provoquer cette apostrophe directe et indignée du moraliste:

> Hommes vains et dévoués à la fortune, fades courtisans, parliez-vous ainsi il y a huit jours? (« De la cour », 57.)

Et les grands ne se croient pas tenus par les promesses qu'ils ont faites (voir « Des grands », 6 et 48).

En somme, l'extrême inconstance est si caractéristique de ces hommes entichés de pouvoir qu'à la fin de chacun des chapitres VIII et IX un portrait élaboré vient en fixer l'image: c'est Straton, le courtisan « né sous deux étoiles » (« De la cour », 96), et c'est le portrait collectif des grands qui

> se gouvernent par sentiment, âmes oisives sur lesquelles tout fait d'abord une vive impression. Une chose arrive, ils en parlent trop; bientôt, ils en parlent peu; ensuite, ils n'en parlent plus. Action, conduite, ouvrage, événement, tout est oublié; ne leur demandez ni correction, ni prévoyance, ni réflexion, ni reconnaissance, ni récompense (« Des grands », 54).

## La prééminence des qualités de cœur

Les qualités de cœur sont un troisième pilier de l'éthique de La Bruyère. C'est sur ce plan que peut s'établir, selon lui, la meilleure relation entre les hommes :

> Tu es grand, tu es puissant : ce n'est pas assez, fais que je t'estime, afin que je sois triste d'être déchu de tes bonnes grâces, ou de n'avoir pu les acquérir. (« Des grands », 36.)

Or, ces qualités sont rares dans l'entourage des puissants (voir « De la cour », 72) et les puissants eux-mêmes en sont gravement privés. Non seulement le grand ne sait pas « rendre un cœur content » (« Des grands », 4), mais il s'amuse souvent à être méchant pour le seul plaisir ; il « ne veut faire aucun bien, et est capable de grands maux » (*ibid.*, 25). Devant cette « malignité » (*ibid.*, 26), ce n'est pas seulement la raison qui s'indigne, ni le sens de la justice, mais la sensibilité. Deux types de réaction viennent en témoigner chez La Bruyère, soit une résignation désabusée mais douloureuse :

> N'espérez plus de candeur, de franchise, d'équité, de bons offices, de services, de bienveillance, de générosité, de fermeté dans un homme qui s'est depuis quelque temps livré à la cour [...] » (« De la cour », 62),

soit une contre-attaque vigoureuse, un appel à cœur vibrant, presque pathétique :

> Je veux un homme qui soit bon, qui ne soit rien davantage, et qui soit recherché. (« De la cour », 31).

On voit que ces trois principes éthiques ne conviennent pas du tout au monde des puissants. Tout au contraire, le rapport qu'ils ont au pouvoir les voue au mensonge (dissimulation, masque, illusion, présomption), à l'inconstance (opportunisme, infidélité, oubli) et à la dureté du cœur (mépris, ingratitude, arrivisme à tout prix).

# 5 La figure écrasante du roi

Au centre des *Caractères*, on l'a vu dans la problématique 3, se trouve un ensemble de chapitres consacrés à la description du système sociopolitique de la France de 1690. Cet ensemble présente tour à tour, les puissants par l'argent (chap. VI, « Des biens de fortune »), les spectateurs de la puissance (chap. VII, « De la ville »), les candidats à la puissance (chap. VIII, « De la cour »), les puissants de naissance (chap. IX, « Des grands »), et le puissant par excellence, le principe même de la toute-puissance et son emblème rayonnant : le roi (chap. X, « Du souverain ou de la république »).

Dans les chapitres « De la cour » et « Des grands », ce ne sont pas moins de trente remarques qui font, d'une manière ou d'une autre, allusion à la présence et au rôle déterminants du roi.

## LE PRESTIGE DU ROI

Louis XIV avait tout, au début de son règne, pour jouir de la plus grande popularité. Il avait rétabli, après les troubles sanglants de la Fronde (1648-1653), l'ordre et la paix que tous souhaitaient. Très vite, sa personnalité, autoritaire mais intelligente et raffinée, en imposa à tous. On fut ébloui par la majesté splendide qu'il déployait. Rien ne se fit plus dans la société civile qui ne fût étroitement régi, contrôlé et sanctionné par le pouvoir royal.

Période étrange, si l'on y songe bien, et rare dans l'histoire des hommes : il n'y a pas d'alternative. L'idée de république, au sens moderne du mot[1], ne vient à personne ; et, s'il faut un roi, Louis XIV est à coup sûr le meilleur possible. La Bruyère a d'ailleurs pris soin de placer son éloge au cœur de ses *Caractères* (voir le chapitre X, « De souverain ou de la république », 35).

## Le roi, au centre du système, maître du jeu

Cet éloge du roi, passage obligé de tout ouvrage littéraire de l'époque, est parfaitement ambigu. En effet, à le bien lire, on y repère une insistance suspecte sur les extraordinaires vertus de ce roi. Une fois faite la part de la louange protocolaire, on comprend qu'il faut vraiment qu'il ait des qualités exceptionnelles, celles qui le rendent en effet « bien digne du nom de Grand », pour tenir à bout de bras un système incroyablement déséquilibré.

## Le roi magicien

Tout se passe comme s'il s'agissait de magie. On n'est pas très éloigné en effet de l'image du magicien, à laquelle recourra Montesquieu dans ses *Lettres persanes* : « D'ailleurs, ce roi est un grand magicien : il exerce son empire sur l'esprit même de ses sujets ; il les fait penser comme il veut. S'il n'a qu'un million d'écus dans son trésor, et qu'il en ait besoin de deux, il n'a qu'à leur persuader qu'un écu en vaut deux, et ils le croient. [...] Il va même jusqu'à leur faire croire qu'il les guérit de toutes sortes de maux en les touchant, tant est grande la force et la puissance qu'il a sur les esprits. » (Lettre XXIV, Rica à Ibben.) La Bruyère n'a pas écrit ces lignes, mais c'est en lecteur attentif de La Bruyère que Montesquieu les a conçues, trente années après lui (→ PROBLÉMATIQUE 13).

1. La *république*, au sens moderne, reconnaît le peuple comme souverain et se passe de monarque. Au sens ancien (celui qu'elle a dans le titre du chapitre X, « Du souverain ou de la république »), elle ne signifie que l'instance de l'intérêt collectif et peut prendre toutes les formes possibles de gouvernement, monarchie comprise.

## Les dangers de ce prestige excessif du roi

Il y a en effet dans l'attitude de tous devant le roi quelque chose d'irrationnel. Le caractère secret, magique, sournois, malsain, morbide peut-être, de l'influence qu'exerce sa présence est suggéré par la laideur qui en est le symptôme sur les visages:

> Il n'y a rien qui enlaidisse certains courtisans comme la présence du prince: à peine les puis-je reconnaître à leurs visages; leurs traits sont altérés, et leur contenance est avilie. (« De la cour », 13.)

Une particularité sinistre de ce mal qui « altère » les visages c'est qu'il est épidémique, et que la contagion finit par atteindre tout le monde, de proche en proche. Ceux qui sont placés le plus près du roi en souffrent davantage, mais le mal gagne inexorablement tous les autres. « Ils ne mouraient pas tous, mais tous étaient frappés », aurait pu dire La Fontaine (« Les Animaux malades de la peste », *Fables*, VII, 1).

Or, loin de s'éloigner du danger, chacun s'y précipite, comme le papillon sur la flamme. Voir le prince est pour Xantippe un rêve trop beau... et qui s'est réalisé (« De la cour », 68). Être « au lever » du roi représente, pour « mille gens à peine connus », le comble du bonheur, hélas fort rare:

> Mille gens à peine connus font la foule au lever pour être vus du prince, qui n'en saurait voir mille à la fois; et s'il ne voit aujourd'hui que ceux qu'il vit hier et qu'il verra demain, combien de malheureux! « De la cour », 71.)

Être admis à parler au roi ne va pas sans danger, et il y faut beaucoup de « prudence » et de « souplesse » (« De la cour », 79). Cependant ils en rêvent tous et ne songent qu'à être vus au moment où cette faveur leur est accordée:

> [...] ils percent la foule, et parviennent jusqu'à l'oreille du prince, à qui le courtisan les voit parler, pendant qu'il se trouve heureux d'en être vu. (« De la cour », 16.)

Le symbole le plus parlant de cet éblouissement universel que le roi exerce autour de lui est le Soleil. Or, si l'on ne songeait à l'époque qu'aux aspects positifs de ce symbole, il en présente aussi de négatifs: en effet, s'il éclaire, réchauffe, donne la vie et réjouit la vue, le soleil brûle aussi, et on ne peut ni le regarder en face ni s'en approcher trop. Pour avoir voulu le faire, Icare[1] est tombé et s'est noyé dans la mer.

D'autre part, le soleil est unique. Le Roi-Soleil se donne à tous comme modèle, mais il est rigoureusement interdit de songer seulement à se comparer à lui. Ainsi les Français vivent dans une sorte de névrose, se donnant un idéal absolument inaccessible, et ne pouvant s'empêcher de tendre incessamment vers lui. C'est ce qui explique cette agitation permanente qui fait parfois ressembler la cour (de Versailles) à celle d'un asile d'« aliénés » (le mot figure plusieurs fois dans le texte; voir « De la cour », 50, 61).

Enfin, le modèle solaire est nettement attaqué dans le chapitre X, « Du souverain ou de la république » :

> Le faste et le luxe dans un souverain, c'est le berger habillé d'or et de pierreries, la houlette d'or entre les mains; son chien a un collier d'or, il est attaché avec une laisse d'or et de soie. Que sert tant d'or à son troupeau ou contre les loups? (« Du souverain et de la république », 29)[2].

Il l'est sans doute aussi, plus discrètement, dans la remarque 23 du chapitre « Des grands » : pourquoi, parmi les noms des héros et des divinités antiques dont s'affublent les grands pour se distinguer du peuple, La Bruyère n'a-t-il pas cité Apollon? C'est qu'aucun prince, si « grand » soit-il, n'aurait osé s'attribuer ce nom réservé au roi, lumineux symbole de l'intelligence souveraine et

---

1. *Icare*: fils de l'architecte Dédale, qui lui avait confectionné des ailes pour fuir le Labyrinthe et le Minotaure. Il vola trop près du soleil et la cire de ses ailes fondit.
2. La Bruyère, dans cette remarque, a brossé un tableau idyllique du bon roi veillant sur son peuple comme le berger sur son troupeau. On pourra comparer avec La Fontaine, « Le Berger et son troupeau », *Fables*, IX, 19.

protecteur éclairé de tous les arts. Il apparaît ainsi dans le ballet final des *Amants magnifiques* (1670) de Molière. Or, cette prétention du roi à la divinité est-elle moins critiquable que celle des grands, qu'elle a probablement provoquée?

Elle est, en tout cas, plus lourde de conséquence. Car de la divinité en images – à travers la figure mythologique d'Apollon et l'emblème solaire –, les sujets de Louis XIV n'hésitent pas à aller jusqu'à la divinité proprement dite, et à transformer ce représentant de Dieu sur la terre en Dieu lui-même.

## LE ROI-DIEU

### Le tableau d'une idolâtrie caractérisée

Le tableau qu'offre la remarque 74 au chapitre « De la cour » est tout à fait éloquent. Le fait qu'il est censé être vu par les yeux non prévenus d'un étranger permet à La Bruyère d'en faire ressortir des traits que l'habitude estompe aux yeux des gens « du pays » :

> Ces peuples d'ailleurs ont leur Dieu et leur roi: les grands de la nation s'assemblent tous les jours, à une certaine heure, dans un temple qu'ils nomment église; il y a au fond de ce temple un autel consacré à leur Dieu, où un prêtre célèbre des mystères qu'ils appellent saints, sacrés et redoutables; les grands forment un vaste cercle au pied de cet autel, et paraissent debout, le dos tourné directement au prêtre et aux saints mystères, et les faces élevées vers le roi, que l'on voit à genoux sur une tribune et à qui ils semblent avoir tout l'esprit et tout le cœur appliqués. On ne laisse pas de voir dans cet usage une espèce de subordination; car ce peuple paraît adorer le prince, et le prince adorer Dieu. (« De la cour », 74.)

Un tel comportement est aussi peu chrétien que possible: se détourner du Créateur pour adorer une de ses créatures, c'est de l'idolâtrie. La remarque qui suit enfonce le clou:

> Qui considérera que le visage du prince fait toute la félicité du courtisan, qu'il s'occupe et se remplit pendant toute sa vie de le voir et d'en être vu, comprendra un peu comment voir Dieu peut faire toute la gloire et tout le bonheur des saints. (« De la cour », 75.)

On voit que c'est bien explicitement la place de Dieu que le roi a prise dans les âmes.

## Une subordination en cascade

Mais la critique de La Bruyère porte sur un autre point, celui qu'il désigne par l'expression « une espèce de subordination ». Il veut dire une subordination progressive, en cascade: ce qui se passe entre Dieu et le roi se reproduit entre le Roi et les grands, puis entre les Grands et les courtisans, puis entre les Courtisans et les gens de la ville, enfin entre les gens de la Ville et ceux de la province... jusqu'à l'infini de l'horizon social. Si bien que le lien social se réduit partout à ce rapport entre un maître absolu, entouré de sa gloire terrifiante, et un esclave prosterné, ayant abdiqué toute dignité en même temps que toute liberté:

> Les hommes veulent être esclaves quelque part, et puiser là de quoi dominer ailleurs. Il semble qu'on livre en gros aux premiers de la cour l'air de hauteur, de fierté et de commandement, afin qu'ils le distribuent en détail dans les provinces: ils font précisément comme on leur fait, vrais singes de royauté. (« De la cour », 12.)

Encore l'image de la cascade n'est-elle pas très exacte. Celle du miroir conviendrait mieux, car une cascade est en mouvement, elle conduit quelque part, elle produit de l'énergie; un miroir ne produit qu'une réalité fictive, une image immobile, stérile. Quel meilleur endroit pour voir se multiplier à l'infini, mais en vain, le tableau figé du fonctionnement sociopolitique louis-quatorzien que la galerie des Glaces du château de Versailles, justement, « à quelque quarante-huit degrés d'élévation du pôle, et à plus d'onze cents lieues de mer des Iroquois et des Hurons » (« De la cour », 74)[1] ?

1. Voir La Fontaine: « Peuple caméléon, peuple singe du maître » (« Les obsèques de la Lionne », *Fables*, VIII, 14).

## Le retournement de la grandeur

Qu'elle aboutisse à un sacrilège ou à une « grande illusion » politique, la grandeur du roi est donc un leurre. La Bruyère le signale malicieusement :

> Le prince n'a point assez de toute sa fortune pour payer une basse complaisance, si l'on en juge par tout ce que celui qu'il veut récompenser y a mis du sien ; et il n'a pas trop de toute sa puissance pour le punir, s'il mesure sa vengeance au tort qu'il en a reçu. (« Des grands », 39).

Le prince est donc bien placé dans les fonctions traditionnelles de Dieu, *rémunérateur* et *vengeur*, celui qui récompense et punit chacun selon ses mérites. Mais, contrairement à ce qu'il donne à croire, le roi ne dispose pas de la puissance ni de la justice infinies de Dieu. Il est comme un banquier qui ne disposerait pas du capital suffisant pour honorer les sommes dont il a été fait dépositaire. Ce que le prince met en jeu au-dessous de lui excède ses possibilités de contrôle et de régulation. Sa « puissance » et sa « fortune » sont des emblèmes de grandeur, et non la grandeur effective. Et c'est sur ce modèle, visiblement gonflé, que tous se rangent : mirage collectif.

Ainsi, plutôt qu'un astre resplendissant, le roi, clé de voûte de tout l'univers sociopolitique, apparaît-il comme une sorte de *trou noir* où, à force d'excès, tout s'abolit.

# 6 Une dénonciation du jeu social et politique

Quoiqu'on les associe souvent, et en particulier dans le terme moderne « sociopolitique », le social et le politique sont deux instances distinctes. Est *social* (du latin *socius*, « compagnon », « associé ») ce qui a trait aux relations qu'entretiennent entre eux les individus composant un groupe. Est *politique* (du grec *polis*, « ville, cité », d'où, plus largement l'État) ce qui a trait au gouvernement de ce groupe, aux lois qu'il s'est données et à la manière dont il les fait respecter.

## SOLIDARITÉ DU « SOCIAL » ET DU « POLITIQUE »

Ces deux instances dépendent l'une de l'autre. De l'état des relations entre les divers membres du groupe découle en effet le choix qui est fait d'un régime politique : despotique (tyrannie, dictature, monarchie absolue), s'il est besoin de maintenir l'ordre par la force et la crainte ; monarchique (monarchie tempérée ou constitutionnelle), si la personne du monarque n'est que le garant et le symbole de la volonté générale ; oligarchique, c'est-à-dire confiant le gouvernement à quelques-uns, qui se constituent en groupe de pression (aristocratie : les « meilleurs » ; ploutocratie : les riches ; théocratie : les prêtres) ; démocratique enfin, c'est-à-dire assurant la représentation de tout le peuple (en grec : *démos*) au gouvernement, par l'intermédiaire d'assemblées d'élus. Inversement, du régime politique existant dépendent la nature et la qualité des rapports sociaux : rapports de force, rapports de rivalité, rapports de collaboration.

Sous la monarchie louis-quatorzienne, et en particulier dans sa dernière période – qui dura tout le temps d'une génération (1685-1715) –, les deux instances ne sont guère dissociables. Le corps social tout entier adhère à la monarchie absolue. Mais on a vu dans la problématique précédente que ce système n'était pas sans défauts.

## L'ENVERS DU GRAND SIÈCLE

Contrairement à la doctrine officielle qui chante ses vertus et sa gloire, dans le prolongement de celle du roi, La Bruyère nous présente une sorte d'« envers » du Grand Siècle. Il n'est pas antimonarchiste et ne prétend pas bouleverser la société ni changer le régime politique. Il livre simplement la vision – rare en son temps et proprement géniale – qu'il en a et qui perçoit, pour ainsi dire, le squelette de ce corps superbe, le mécanisme intérieur de cette grande machine si impressionnante. Il a manifesté ailleurs ce don qu'il possède de ne pas se contenter d'apparences extérieures brillantes, mais d'entrer « dans les cuisines » ou d'aller voir « derrière le théâtre » (« Des biens de fortune », 25).

La critique lui a toujours reconnu ce don. Des formules comme « le style cruel » ou encore « acte d'accusation contre le régime », toutes deux de Julien Benda, soulignent à la fois l'acuité de la vision et celle de l'attaque. S'il est abusif de faire de La Bruyère un révolutionnaire, on peut reconnaître, avec Roland Desné, qu'il a fourni aux révolutionnaires à venir des matériaux bien utiles et des arguments bien forts. Parmi ses lecteurs fervents, on compte par exemple Jean Meslier (1664-1729), le curé « communiste » qui voulait « étrangler le dernier roi avec les boyaux du dernier prêtre » !

La Bruyère ne va pas jusqu'à la révolution, mais il ne dissimule pas la révolte que suscitent en lui les conséquences de ce système tout à la fois pompeux et creux.

## LES CONSÉQUENCES DÉPLORABLES DU SYSTÈME

Trois conséquences découlent de ce « jeu » qui a fini par prendre la place de la réalité et par devenir un jeu de dupes. La première est un oubli des valeurs fondatrices qui constituent le socle de la nation française.

### L'oubli des valeurs fondatrices

Il est beau de se préparer à « servir sa patrie, son prince, la république[1] » : pourquoi faudrait-il le dissimuler, comme si on en avait honte, de peur d'être « découvert » par les yeux jaloux des autres ?

> L'on se présente encore pour les charges de ville, l'on postule une place dans l'Académie française, l'on demandait le consulat : quelle moindre raison y aurait-il de travailler les premières années de sa vie à se rendre capable d'un grand emploi, et de demander ensuite, sans nul mystère et sans nulle intrigue, mais ouvertement et avec confiance, d'y servir sa patrie, son prince, la république ? (« De la cour », 44.)

De même, parce qu'ils ne l'exercent plus, les grands ont perdu toute notion de la véritable grandeur de leur fonction ancienne, celle qui leur avait été confiée par l'Histoire au service de la communauté nationale :

> La noblesse expose sa vie pour le salut de l'État et pour la gloire du souverain ; le magistrat décharge le prince d'une partie du soin de juger les peuples : voilà de part et d'autre des fonctions bien sublimes et d'une merveilleuse utilité ; les hommes ne sont guère capables de plus grandes choses, et je ne sais d'où la robe et l'épée[2] ont puisé de quoi se mépriser réciproquement. (« Des grands », 40.)

1. La *république*, au sens moderne, reconnaît le peuple comme souverain et se passe de monarque. Au sens ancien (voir ci-dessus, note 1, p. 65), elle ne signifie que l'instance de l'intérêt collectif et peut prendre toutes les formes possibles de gouvernement, monarchie comprise.
2. Il s'agit de deux grands corps de l'État d'Ancien Régime. La *noblesse d'épée* descend des grandes familles nobles de l'époque féodale et chevaleresque qui assuraient, autour du roi, la défense militaire du pays. La *robe* désigne les magistrats et les parlementaires qui assuraient d'importantes fonctions législatives et judiciaires. Ses membres étaient le plus souvent anoblis, mais les nobles d'épée jugeaient cette noblesse, plus récente, bien inférieure à la leur.

Ainsi les plus nobles choses ont été perverties et détournées de leur usage. Elles ont gardé leur fière allure, mais elles tournent à vide, pour rien ni pour personne, excepté ceux qui se contentent de pures illusions.

## La formation de clans rivaux

La deuxième conséquence de ce jeu de dupes est sensible dans la remarque qui vient d'être citée : la réciprocité devrait être un très beau programme pour les échanges qui ont lieu entre les membres d'une communauté ; or, elle est devenue une réciprocité du mépris. Aucune articulation n'existe plus entre les différents rouages du monde social : ils sont au contraire retranchés en clans, séparés par des murs d'incompréhension, de jalousie et de haine :

> Les petits se haïssent les uns les autres lorsqu'ils se nuisent réciproquement. Les grands sont odieux aux petits par le mal qu'ils leur font, et par tout le bien qu'ils ne leur font pas : ils leur sont responsables de leur obscurité, de leur pauvreté et de leur infortune, ou du moins ils leur paraissent tels. (« Des grands », 22.)

## Le règne du paraître

Cette dernière formule révèle à merveille la troisième conséquence : « ou du moins ils leur paraissent tels ». Tout, en effet, n'est plus que dans le *paraître*. Aucune action ne vaut plus en elle-même, mais vaut par l'image qu'elle donne, et qu'on peut utiliser. C'est ainsi qu'on voit fleurir toute une civilisation de « petits-chefs » jouant les importants comme ils le voient faire aux vedettes de l'actualité : « On l'entrevoit [l'air de cour] en des fourriers, en de petits contrôleurs, et en des chefs de fruiterie. » (« De la cour », 14). On parlerait aujourd'hui de la dictature des médias et de la presse *people*. Rare parmi les grands est celui, dit La Bruyère, qui fait une bonne action pour elle-même,

> simplement, naturellement, sans aucun tour, sans nulle singularité, sans faste, sans affectation [...] Ce n'est jamais une scène qu'il joue pour le public, c'est un bon exemple qu'il donne et un devoir dont

> il s'acquitte ; il ne fournit rien aux visites des femmes, ni au cabinet, ni aux nouvellistes[1] [...]. (« Des grands », 46.)

Cette confusion de la réalité et de l'image, de la grandeur d'âme et de la célébrité, La Bruyère l'a perçue comme l'une des plus graves menaces pesant sur la santé morale d'une société. Il nous décrit ainsi un monde où, certes, on ne met pas encore sur le même plan l'abbé Pierre et Zinedine Zidane parce qu'ils sont tous deux en tête des sondages de popularité, mais qui en prend le chemin :

> Il y a des gens à qui ne connaître point le nom et le visage d'un homme est un titre pour en rire et le mépriser. Ils demandent qui est cet homme ; ce n'est ni Rousseau, ni un Fabry, ni La Couture : ils ne pourraient le méconnaître. » (« De la cour », 38.)

Rousseau était le tenancier d'un cabaret très fréquenté, Fabry un repris de justice condamné à mort, et La Couture un tailleur à la mode, dont la conduite dépravée avait fait scandale. Aux yeux « des gens », ils ont plus de valeur – parce qu'on les a vus à la télé, dirait-on de nos jours – qu'un homme « normal », dont le seul défaut est de n'avoir pas fait parler de lui dans les faits divers ou dans les magazines.

## LA PLACE DU PEUPLE

Le peuple était bien sûr le grand absent du jeu politique sous l'Ancien Régime. La Bruyère ne lui donne certes pas l'importance que lui attribueront plus tard, au XIXe siècle, le poète Victor Hugo ou l'historien Jules Michelet. Il en fait état cependant, et pas seulement pour déplorer, en homme sensible et bon, la misère dans laquelle il est plongé.

**1.** Dans les « visites des femmes », comprendre les bavardages mondains ; les *cabinets* étaient des cercles de gens informés qui faisaient l'opinion ; les *nouvellistes* sont les journalistes d'aujourd'hui.

## Injustice de la misère du peuple

Cet aspect l'a retenu ailleurs, par exemple au chapitre « Des biens de fortune » :

> Il y a des misères sur la terre qui saisissent le cœur: il manque à quelques-uns jusqu'aux aliments; ils redoutent l'hiver, ils appréhendent de vivre. L'on mange ailleurs des fruits précoces; l'on force la terre et les saisons pour fournir à sa délicatesse; de simples bourgeois, seulement à cause qu'ils étaient riches, ont eu l'audace d'avaler en un seul morceau la nourriture de cent familles. » (VI, 47) ;

ou encore au chapitre « De l'homme » :

> L'on voit certains animaux farouches, des mâles et des femelles, répandus par la campagne, noirs livides et tout brûlés du soleil, attachés à la terre qu'ils fouillent et qu'ils remuent avec une opiniâtreté invincible; ils ont comme une voix articulée, et quand ils se lèvent sur leurs pieds, ils montrent une face humaine, et en effet ils sont des hommes. Ils se retirent la nuit dans des tanières, où ils vivent de pain noir, d'eau et de racines; ils épargnent aux autres hommes la peine de semer, de labourer et de recueillir pour vivre, et méritent ainsi de ne pas manquer de ce pain qu'ils sont semé. (XI, 128.)

## Explication de l'exclusion polique du peuple

Dans le chapitre « Des grands », c'est le fait même que le peuple n'a pas sa place dans le jeu sociopolitique qui occupe La Bruyère. Il décèle d'abord chez le peuple un rôle de pur faire-valoir: le peuple est ce dont les grands veulent se distinguer; c'est dire à peu près que son existence est la seule preuve de leur « distinction » (IX, 23). Il est ensuite nécessaire à la grande parade aristocratique qui ne peut se passer de ces spectateurs éblouis (IX, 45).

La Bruyère partage avec son temps le préjugé d'une mauvaise qualité foncière, intellectuelle et morale, du peuple (rappelons-nous qu'un siècle plus tard, Voltaire l'appelait encore « la canaille ») :

> Qui dit le peuple dit plus d'une chose: c'est une vaste expression, et l'on s'étonnerait de voir ce qu'elle embrasse, et jusques où elle s'étend. Il y a le peuple qui est opposé aux grands: c'est la populace et la multitude; il y a le peuple qui est opposé aux sages, aux habiles et aux vertueux: ce sont les grands comme les petits. (IX, 53).

Le moraliste semble comprendre et justifier par cette infirmité l'exclusion du jeu politique dont le peuple est victime :

> Blâmons le peuple où il serait ridicule de vouloir l'excuser. Son chagrin et sa jalousie, regardés des grands ou des puissants comme inévitables, les ont conduits insensiblement à le compter pour rien, et à négliger ses suffrages dans toutes leurs entreprises, à s'en faire même une règle de politique. (IX, 22).

Pourtant, on l'a vu, les grands sont sur ce point tout aussi peuple que le peuple (« tous méprisent le peuple, et ils sont peuple », IX, 53), et La Bruyère regrette que cette exclusion des uns ait entraîné le monopole arrogant des autres.

## Affirmation de la suprématie morale du peuple

Aussi, quand l'idée lui vient de proposer un parallèle entre « les deux conditions des hommes les plus opposées » – idée déjà en soi relativement audacieuse –, il accumule les raisons d'une préférence qu'il ne craint pas d'affirmer en des termes restés célèbres :

> Si je compare ensemble les deux conditions des hommes les plus opposées, je veux dire les grands avec le peuple, ce dernier me paraît content du nécessaire, et les autres sont inquiets et pauvres avec le superflu. Un homme du peuple ne saurait faire aucun mal ; un grand ne veut faire aucun bien, et est capable de grands maux. L'un ne se forme et ne s'exerce que dans les choses qui sont utiles ; l'autre y joint les pernicieuses ; là se montrent ingénument la grossièreté et la franchise ; ici se cache une sève maligne et corrompue sous l'écorce de la politesse. Le peuple n'a guère d'esprit, et les grands n'ont point d'âme : celui là a bon fond, et n'a point de dehors ; ceux-ci n'ont que des dehors et qu'une simple superficie. Faut-il opter ? Je ne balance pas : je veux être peuple. (IX, 25.)

# 7 Un monde en images

C'est à trois niveaux que l'écrivain La Bruyère a recours à l'image: celui du moraliste-observateur, qui nous livre ainsi toute une collection de « choses vues »; celui du penseur, précurseur des philosophes, qui travaille à retourner l'image officielle du Grand Siècle; celui de l'artiste enfin, qui, par le jeu poétique des images récurrentes, donne un aperçu de la condition humaine livrée à la matière, à l'espace et au temps.

## LA RÉALITÉ MULTIPLE DE LA COUR ET DES GRANDS

### Tout commence par le regard

Sans cesse La Bruyère rappelle que la réalité qu'il observe – que l'on observe – est d'abord une image, qu'il faut commencer par recevoir – ou par capter – pour parvenir à ce qu'elle révèle – ou cache. Nombreuses sont les remarques qui commencent par le rappel de cette condition. Souvent le moraliste lui-même indique ainsi son propre point de départ: « Je vois un homme entouré [...] » (« De la cour », 31 ; voir aussi « De la cour », 45, « Des grands », 13). Tantôt c'est le lecteur qui est invité à prendre en compte ce qu'il peut voir tous les jours: « Vous voyez des gens qui entrent [...] (« De la cour », 17). Tantôt c'est, de manière plus impersonnelle et générale, tout un chacun qui est susceptible de vivre cette expérience commune de la perception visuelle: « Celui qui voit loin derrière soi [...] » (« De la cour », 24; voir aussi 34, 46, 63, 95, 100). Parfois la sollicitation du regard va jusqu'à des conseils de mise au point : « Avec de bons yeux on voit sans peine la petite ville [...] » (« Des grands », 53), ou : « La province est l'endroit d'où la cour, comme dans son point de vue, paraît une chose admirable : si l'on s'en approche, ses agréments diminuent comme ceux d'une perspective que l'on voit de trop près. » (« De la cour », 6.)

## Le monde est un spectacle...

C'est une image fréquente, que La Bruyère reprend de façon astucieuse à la remarque 50 du chapitre « De la cour ». Tout l'argument de cette remarque consiste à inviter le lecteur-spectateur à changer de spectacle : au lieu de se précipiter en foule aux exécutions capitales (qui, à l'époque, avaient lieu en public) pour « envisager » les « malheureux » condamnés à mort, qu'il observe plutôt de près « un heureux », « le jour même où il a été nommé à un nouveau poste ». Tout le monde aime voir, tout le monde est friand d'images. Encore faut-il bien les choisir, si l'on veut qu'elles nous *parlent*. Le mot « spectacle » est pris ici au sens propre : une exécution publique était organisée comme un véritable spectacle (que le pouvoir espérait dissuasif par l'exemple qu'il donnait à tous du châtiment réservé aux criminels). Le mot figure encore à la remarque 60 du chapitre « De la cour » : le « joli spectacle » que « se donne » l'« homme de mérite » vaut bien le spectacle (théâtral) où il n'a pas pu accéder.

## ... et même un spectacle théâtral

Pour Théodote, La Bruyère précise ce qui, sans qu'il le répète à chaque fois, vaut pour la plupart de ses portraits :

> Théodote avec un habit austère a un visage comique, et d'un homme qui entre sur la scène ; sa voix, sa démarche, son geste, son attitude accompagnent son visage. (« De la cour », 61.)

Ainsi Théognis a-t-il soigné lui aussi son costume et son maquillage, et s'est-il préparé dans les coulisses pour réussir son « entrée » (« Des grands », 48). Quand, vers la fin de la remarque 50 du chapitre « Des grands », il passe d'« un Pamphile » à « les Pamphiles », La Bruyère livre *a posteriori* la clé d'un long portrait où tout, en effet, était théâtral :

> Aussi les Pamphiles sont-ils toujours comme sur un théâtre : gens nourris dans le faux, et qui ne haïssent rien tant que d'être naturels ; vrais personnages de comédie, des Floridors, des Mondoris[1]. (« Des grands, 50. »)

Ce sont là des images au second degré : l'écrivain, composant un portrait, nous donne l'image d'un homme qui est en train de construire de toutes pièces une image de lui-même. Il ne s'agit pas d'un simple procédé d'écriture, mais de la réalité humaine dans ce qu'elle a de plus fondamental, en tout cas de permanent (comme on le dit, en effet, d'un spectacle) :

> Dans cent ans le monde subsistera encore en son entier : ce sera le même théâtre et les mêmes décorations [décors], ce ne seront plus les mêmes acteurs. [...] Il s'avance déjà sur le théâtre d'autres hommes qui vont jouer dans une même pièce les mêmes rôles ; ils s'évanouiront à leur tour ; et ceux qui ne sont pas encore, un jour ne seront plus : de nouveaux acteurs ont pris leur place. Quel fonds à faire sur un personnage de comédie ! (« De la cour », 99.)

Aucun fonds, bien sûr, mais une utilité certaine, car l'acteur incarne les idées, leur donne son corps, permet qu'on les voie et qu'on les entende, les rend concrètes.

## Images concrètes d'une réalité abstraite

La Bruyère excelle à faire saisir, par une image concrète, le trait de caractère qu'il veut définir, ou la cause du comportement qu'il présente au jugement de son lecteur. Dire que l'intérêt est la préoccupation permanente du courtisan est une chose ; écrire : « L'on se couche à la cour et l'on se lève sur l'intérêt » (« De la cour », 22) inscrit cette préoccupation tout intérieure dans l'existence quotidienne d'un homme qui a aussi un corps, qui se couche le soir et se lève le matin. La phrase est ainsi faite, au reste, qu'elle court-circuite la période séparant le lever du coucher : tout se passe

1. *Floridor* et *Mondory* étaient deux comédiens très célèbres du XVII^e siècle.

comme si le courtisan ne dormait guère, l'intérêt occupant en lui la place de tout le reste, y compris le sommeil. Ajoutons que le sujet grammatical choisi, « on », permet à l'imagination de se déployer : ce n'est pas un homme qui entre dans son lit et en sort, c'est mille, et tous de la même façon, à la même heure, et avec, dans la tête, la même idée. De même, une expression comme « apporter à la cour la moindre roture » (« De la cour », 21) donne un contenu concret à cette notion difficile : est roturier celui qui n'est pas noble (ou gentilhomme). Impossible à partir de cette pure négation, de se représenter la chose... sauf si le personnage l'apporte avec lui en arrivant, comme on débarque avec une valise.

À la remarque 60 du chapitre « De la cour », l'homme qui obtient la place qu'on venait de refuser à un autre, « de mérite » mais sans doute moins influent, « n'est recommandable que par de certaines livrées, que même il ne porte plus ». La Bruyère aurait pu dire que son absence de goût et de jugement vient de son manque d'éducation, parce qu'il est un ancien laquais. Les « livrées[1] » ressuscitent de façon pittoresque tout le parcours vécu de ce parvenu : il est passé du service domestique dans de grandes maisons – qui lui convenait si bien et le rendait « recommandable » – à la haute position qu'il occupe aujourd'hui et qui lui convient si mal.

En résumé, parce qu'il sait voir, La Bruyère nous apprend à regarder. À jouir du spectacle du monde, tout en sachant que c'est un spectacle et en n'étant pas dupes des effets de théâtre. En sachant aussi retrouver, derrière l'éclat de l'image, la signification morale qu'elle contient.

1. *Livrée* : costume distinctif que portaient, comme un uniforme, les domestiques des grandes maisons nobiliaires (avec, par exemple, les « armes » de la lignée seigneuriale).

## L'IMAGE À L'ENVERS D'UN GRAND SIÈCLE DÉ-COMPOSÉ

Il y a sur la période glorieuse du règne de Louis XIV beaucoup d'images d'Épinal[1]. Splendeur des palais et des jardins, noblesse altière des postures, faste des costumes et des fêtes, triomphe des victoires et des conquêtes, explosion grandiose de tous les arts s'allient pour faire de cette période le « Grand Siècle » de l'histoire de France[2]. Dans l'éloge du roi qu'il place à la fin du chapitre X, « Du souverain ou de la république », La Bruyère a beau rappeler toutes ces grandeurs, il est clair qu'elles ne l'éblouissent guère. Le tableau qu'il brosse de son époque est, tout au contraire, celui d'un monde *dé-composé*, dans tous les sens du terme: privé de l'équilibre qui naît de la composition harmonieuse des parties formant un tout; détruisant ou laissant se détruire, élément après élément, ce qui faisait jusque-là la cohérence et la solidité de la monarchie française; présentant enfin les symptômes de la décomposition qui, chez les êtres vivants, accompagne la mort.

### La baudruche dégonflée

On a ainsi l'impression, à plusieurs reprises, d'une baudruche qu'un petit coup d'épingle suffit à dégonfler. La remarque 18 du chapitre « De la cour » présente longuement un type de personnages indispensables aux cours, que tout le texte gonfle et gonfle encore... jusqu'au dernier mot qui, à lui seul, annule tout:

> Ils embrassent, ils sont embrassés; ils rient, ils éclatent, ils sont plaisants, ils font des contes: personnes commodes, agréables, riches, qui prêtent, et qui sont sans conséquence.

---

1. *Images d'Épinal*: représentations naïves, simplifiées et magnifiées, aux couleurs vives et tranchées, destinées à frapper l'imagination du peuple et des enfants, et à susciter leur admiration.

2. On sait que si Voltaire, au XVIIIe siècle, adhérait encore à cette idée en écrivant *Le Siècle de Louis XIV* (1751), Michelet, au siècle suivant, la réfutait vigoureusement: « Le Grand Siècle [...] c'est le XVIIIe que je veux dire [...]. »

Il en va de même pour la remarque suivante où l'intense activité de Cimon et de Clitandre se déploie largement jusqu'à sa conclusion, toute grandiose.. mais suivie du coup d'épingle fatal: « Gens néanmoins éveillés et alertes sur tout ce qu'ils croient leur convenir, un peu entreprenants, légers et précipités. Le dirai-je? Ils portent au vent, attelés tous deux au char de la Fortune et tous deux fort éloignés de s'y voir assis. » (« De la cour », 19).

L'image des pantins lumineux agrémentant les feux d'artifice va encore dans le même sens. Ils font beaucoup d'effet, mais ce n'est que de l'esbroufe:

> [...] mobiles comme le mercure, ils pirouettent, ils gesticulent, ils crient, ils s'agitent; semblables à ces figures de carton qui servent de montre [enseigne publicitaire voyante] à une fête publique, ils jettent feu et flamme, tonnent et foudroient: on n'en approche pas, jusqu'à ce que, venant à s'éteindre, ils tombent, et par leur chute, deviennent traitables, mais inutiles. (« Des grands », 32.)

## Un équilibre illusoire

Parfois, La Bruyère donne du Grand Siècle une image d'équilibre. Les choses humaines étant ce qu'elles sont, la société louis-quatorzienne semble ne pas s'en tirer trop mal dans la composition des forces contraires qui la traversent: « Un noble, s'il vit chez lui dans sa province, il vit libre, mais sans appui; s'il vit à la cour, il est protégé, mais il est esclave: cela se compense. » (« De la cour », 67). On croit voir les plateaux d'une balance qui, bien que chargés l'un et l'autre de choses très différentes, s'équilibrent parfaitement, à la satisfaction générale:

> On demande si en comparant ensemble les différentes conditions des hommes [...], on n'y remarquerait pas un mélange ou une espèce de compensation de bien et de mal, qui établirait entre elles l'égalité [...]. Celui qui est puissant, riche, et à qui il ne manque rien, peut former cette question; mais il faut que ce soit un homme pauvre qui la décide [...] et tous sont contents. (« Des grands », 5.)

Dans cette dernière remarque pourtant, La Bruyère fait une réserve de taille: « mais il faut que ce soit un homme pauvre qui la décide [qui tranche cette question]. Tout se passe comme s'il y avait d'une part une doctrine officielle énonçant cet équilibre heureux, c'est-à-dire la possibilité de ne rien changer et le maintien assuré à la fois des situations acquises et de la paix sociale; et, d'autre part, une opinion dans le peuple et chez les pauvres, virtuelle celle-là, car on ne l'entend pas s'exprimer. C'est à cette dernière que La Bruyère offre ici une chance de le faire.

Il se démarque ainsi, non sans courage, du consensus. La manière dont il remet en cause ce que tous veulent regarder comme un ordre admirable peut être souriante (voir par exemple la fin de « Des grands », 51) ou discrètement malicieuse (voir « Des grands », 19) ; mais elle peut aussi aller jusqu'à l'humour grinçant (voir « De la cour », 53).

## Le nivellement par le bas

En réalité, c'est un retournement complet que l'écrivain fait subir à l'image du Grand Siècle. On n'y parle que de grandeur, et tout est devenu petit:

> L'on est petit à la cour, et quelque vanité que l'on ait, on s'y trouve tel; mais le mal est commun, et les grands même y sont petits. (« De la cour », 5.)

N** (« De la cour », 15) est un pur symbole du tintamarre versaillais, qu'on pourrait résumer par la formule shakespearienne: « Beaucoup de bruit pour rien ». Rester confondu dans « la foule » est évidemment l'opposé de l'idéal de distinction et du goût des prérogatives hiérarchiques du siècle. Or, La Bruyère opère volontiers le nivellement. Ceux qui critiquent tel comportement chez les autres seront les premiers à l'adopter s'ils en ont l'occasion (« De la cour », 26, 28). Vus sous l'angle moral, il n'y a pas de différence d'échelle entre les « grands » et les « petits » (« Des grands », 53).

Cependant cette « égalité » ne se fait pas au niveau du meilleur, mais au niveau du pire. On la vérifie dans la débauche (« la crapule » de « Des grands », 28) ou dans le ridicule (voir « De la cour », 88). Car le ridicule touche tout ce monde boursouflé. Entre les diverses forces sociales il y a bien réciprocité, mais elle est négative. Elles ne sont d'accord que pour se haïr, que soit « l'épée » et « la robe » (« Des grands », 40) ou « les grands » et les « petits » (« Des grands », 22), ou encore « les grands qui n'ont que de la grandeur » et « les gens d'esprit qui n'ont que de l'esprit » (« Des grands », 12).

Ainsi le moraliste met tout le monde dans le même panier (de crabes !) et compte sur les « gens de bien » pour les plaindre tous, au nom de la « vertu », la grande absente. Mais où sont-ils, les « gens de bien » ? Il semble être lui-même l'un d'eux (« je les plains tous deux », « Des grands », 31), mais que vaut et que peut la lucidité de son regard sur le monde vrai, alors que tous sont pris dans les rêts d'une image superbe… et fausse ?

## UN MONDE OUVERT À L'IMAGINATION POÉTIQUE

L'imagination poétique vaut ce que vaut un poète, et elle peut sans doute plus qu'il n'y paraît. Le poète, manieur de mots, a le pouvoir d'intervenir sur les images, de les transformer, de les inverser, de les redresser, d'en proposer d'autres. Ainsi La Bruyère va-t-il savamment dessiner, derrière l'image des hommes de son siècle, celle de la condition humaine. Cette condition est celle d'un prisonnier. L'homme est d'abord prisonnier de la matière et son âme ne parvient pas à se dégager de toutes ces choses qui l'entourent et qu'il veut posséder, au point qu'il en est quasiment *chosifié* lui aussi. L'homme est aussi prisonnier de l'espace, qu'il voudrait englober mais qui l'englobe. L'homme est enfin prisonnier du temps, un ennemi qu'il vaut mieux bien connaître.

### L'homme chosifié

C'est une tradition chez les moralistes de représenter l'homme trop attaché aux choses matérielles et incapable de s'élever jusqu'à celles du cœur et de l'âme. L'avoir asservit donc l'homme au point qu'il n'a plus d'être. La Bruyère reprend cette tradition, s'agissant des grands, tellement attachés à « ouvrir une allée dans une forêt », à « soutenir des terres par de longues murailles » qu'ils ne songent même plus à « rendre un cœur content » (« Des grands », 4). Il suggère des images animales pour des humains réduits au pur instinct. Celle du héron ratant toutes les proies à force d'hésitation, comme celui de La Fontaine (« Le Héron », *Fables*, VII, 4) :

> Cependant s'en éloignera-t-on avant d'en avoir tiré le moindre fruit, ou persistera-t-on à y demeurer sans grâces et sans récompenses? question si épineuse, si embarrassée, et d'une si pénible décision, qu'un nombre infini de courtisans vieillissent sur le oui et sur le non, et meurent dans le doute. (« De la cour », 22.)

C'est voir la cour, de manière cocasse, comme une compagnie de hérons se tenant tantôt sur une patte, tantôt sur l'autre (« sur le oui et sur le non »), jusqu'à ce que mort s'ensuive! On pense aussi à l'âne de Buridan[1] à la remarque 37 du chapitre « De la cour » : « Il est aussi dangereux à la cour de faire des avances qu'il est embarrassant de ne les point faire. »

De l'animal-machine, le moraliste-poète passe à la pure mécanique, avec l'image de la montre:

> Les roues, les ressorts, les mouvements sont cachés; rien ne paraît d'une montre que son aiguille, qui insensiblement s'avance et achève son tour: image du courtisan, d'autant plus parfaite qu'après avoir fait assez de chemin, il revient souvent au même point d'où il est parti.(« De la cour », 65.)

Ainsi, l'homme ne possède plus ce qu'il a, il devient ce qu'il possède, et à cela se réduit son existence. C'est l'homme-fortune (c'est-à-dire richesses, titres, etc.) :

> Ce qui me soutient et me rassure contre les petits dédains que j'essuie quelquefois des grands et de mes égaux, c'est que je me dis à moi-même: « Ces gens n'en veulent peut-être qu'à ma fortune, et ils ont raison: elle est bien petite. Ils m'adoreraient sans doute si j'étais ministre ». (De la cour », 58) ;

1. *Buridan* : philosophe du Moyen Âge. La légende dit qu'il possédait un âne qui se laissa périr de faim et de soif devant de l'avoine et de l'eau, parce qu'il était incapable de choisir s'il devait d'abord manger et puis boire, ou le contraire.

ou bien l'homme de marbre:

> La cour est comme un édifice bâti de marbre: je veux dire qu'elle est composée d'hommes fort durs, mais fort polis (« De la cour », 10) ;

ou encore l'homme-médaille:

> [...] il ramasse pour ainsi dire toutes ses pièces [tous ses attributs, titres et décorations], s'en enveloppe pour se faire valoir; il dit: Mon ordre, mon cordon bleu[1]; il l'étale ou il le cache par ostentation. (« Des grands », 50.)

Encore celui-là parle-t-il. Il en est qui se taisent prudemment, qui peuvent donc faire illusion un moment, mais pas longtemps: « ils n'ont pas, si je l'ose dire, deux pouces de profondeur; si vous les enfoncez, vous rencontrez le tuf[2]. » (« De la cour », 83.)

Animal stupide, dispositif mécanique, fortune, édifice de marbre, médaille, pierre, il ne manquait plus à ces hommes chosifiés que de se faire feuilles mortes pour disparaître à nos yeux, « à l'aventure, poussés et entraînés par le vent » (« Des grands », 50).

## Le jeu sur les figures spatiales

Même à le prendre dans sa plus grande généralité, il n'y a pas d'homme qui échappe aux dimensions de l'espace et du temps. La dimension spatiale étant particulièrement variée, elle offre au poète l'occasion de toutes sortes d'images, de transpositions et de métaphores. Elle va en effet de l'entourage le plus immédiat (espace de vie) au cadre plus large où se déroule l'existence collective (espace social), aux régions lointaines de la planète (espace géographique) et jusqu'à ces « espaces infinis » dont le « silence éternel » effrayait Pascal. La Bruyère a beaucoup médité sur cette inspiration des *Pensées*, et il en nourrit, entre autres, la remarque 43 du chapitre « Des esprits forts » (« Me voilà donc sur la terre comme un grain de sable qui ne tient à rien [...] »). Mais,

1. *Cordon bleu*: insigne porté par les chevaliers du Saint-Esprit, ordre prestigieux institué par Henri III en 1578.
2. *Tuf*: pierre friable, de mauvaise qualité.

chez La Bruyère, le moraliste l'emporte sur le métaphysicien de même que le poète, au fil de l'écriture, l'emporte sur le moraliste.

## Jouer sur les repères et les mesures

Il s'agira donc d'abord de jouer sur les repères et les mesures qu'impose l'espace. Il y a un haut et il y a un bas ; il y a des distances, longues et courtes ; il y a des rapports de grandeur entre les divers objets : *Les Caractères* construisent, par rapport à l'espace réel, un espace modifié par une imagination ludique.

Ce jeu n'est évidemment pas gratuit, ni purement moqueur. Ce n'est pas non plus le jeu « sérieux, mélancolique et qui applique [qui demande beaucoup de concentration] » (« De la cour », 64), mais il donne à réfléchir sur la véritable situation de l'homme dans le monde. On ne peut pas ne pas évoquer Gulliver[1] lorsque La Bruyère s'amuse à échanger les proportions du « petit » et du « grand » (voir « De la cour », 5 ; « Des grands », 19, 20, 21, 52, 53) ou à faire varier la perspective (voir « De la cour », 6, 74, 101 ; « Des grands », 41).

Il nous propose parfois de suivre du regard de beaux renversements sur l'axe vertical : « L'on voit des hommes tomber d'une haute fortune par les mêmes défauts qui les avaient fait monter » (« De la cour », 34) ; « La faveur met l'homme au-dessus de ses égaux ; et sa chute, au-dessous » (« De la cour », 97). Il corse même l'intérêt du spectacle en maintenant le suspens (tombera, tombera pas ?) : « Je crois pouvoir dire d'un poste éminent et délicat qu'on y monte plus aisément qu'on ne s'y conserve. » (« De la cour », 33) ; ou bien il fixe notre attention sur le moment précis où, sans que rien n'ait encore bougé, le mouvement va se produire. Effet semblable à celui du roulement de tambour, au cirque, avant le saut périlleux :

> Qu'un favori s'observe de fort près ; car s'il me fait moins attendre dans son antichambre qu'à l'ordinaire, s'il a le visage plus ouvert […] et s'il me reconduit un peu plus loin, je penserai qu'il commence à tomber, et je penserai vrai. (« De la cour », 94.)

---

1. *Les Voyages de Gulliver*, de Jonathan Swift, ont été publiés en 1726.

### Jouer sur la clôture et sur l'ouverture

L'espace de la cour est un espace clos. L'entrecroisement des regards inquisiteurs en fait une sorte d'« enfer » sartrien (*Huis clos*, 1944) et la concentration générale sur la personne du roi polarise tout le champ sur son centre, d'une façon quasi magnétique. Imaginer cet espace comme « un pays » ou une « région » que l'on voit de très loin, comme une contrée lointaine et inconnue, un « nouveau monde » (« De la cour », 9), permet à la fois de faire remarquer cette clôture (contrairement à ce que pensent les courtisans, le monde ne s'arrête pas aux grilles de Versailles) et d'élargir l'horizon. C'est ce qu'opèrent les remarques 63 et surtout 74 du chapitre « De la cour ».

### Le chemin

L'une des images les plus fécondes, peut-être, pour le moraliste est celle qui représente la vie et la carrière d'un homme comme un *chemin*. Image au demeurant assez banale, mais que La Bruyère anime de façon nouvelle et parlante. On trouvera souvent le mot et l'image dans le chapitre « De la cour » (26, 49, 54, 62, 90, 92). Il s'agit surtout de peindre l'obsession de la réussite qui hante le courtisan et la fuite en avant qu'elle provoque chez lui. Mais, au-delà de cette observation générale et « facile » – qu'avait aussi faite Pascal –, La Bruyère prend ici l'occasion d'avancer des principes moraux auxquels il tient. Il y a chemin et chemin : le chemin de traverse est sans doute le plus court, mais il n'est pas pour autant le meilleur, car il est « détourné » (« De la cour », 49) ; et puis, après tout, on n'est pas obligé de cheminer avec les autres et comme les autres :

> Il faut avoir de l'esprit pour être homme de cabale : l'on peut cependant en avoir à un certain point, que l'on est au-dessus de l'intrigue et de la cabale, et que l'on ne saurait s'y assujettir ; l'on va alors à une grande fortune ou à une haute réputation par d'autres chemins. (« De la cour », 92.)

Qui l'aurait cru? Il y a « d'autres chemins. » que ceux de « l'intrigue » et de « la cabale », et, même à la cour, ils peuvent mener loin. Toute route n'est pas coupée à la vertu. En se transformant sous nos yeux, l'image du chemin a rouvert la voie de l'espoir.

## Le temps destructeur

On ne se baigne pas deux fois dans le même fleuve, disait Héraclite. Le temps qui passe modifie tout et rend illusoires tous les projets d'établissement stable et durable. Dans un monde où l'on ne s'en préoccupait guère, vivant le présent comme s'il devait être éternel (« le présent est pour eux; ils n'en jouissent pas, ils en abusent », « De la cour », 95), La Bruyère semble tenir à le rappeler régulièrement. Nombreuses sont les notations illustrant le changement inéluctable au moyen d'images diverses.

Celle des « couleurs changeantes » ouvre le chapitre « De la cour » (3) : l'altération » (« De la cour », 13, 62) va jusqu'à l'« aliénation » (« De la cour », 50, 61), et le changement d'opinion sur autrui (« De la cour », 26, 78) jusqu'au changement d'opinion sur soi-même (« De la cour », 84) ; la versatilité provoque des va-et-vient et des changements à vue spectaculaires (« De la cour », 32, 56, 59) ; on assiste au travail d'effacement de l'oubli, qu'il soit instantané (« De la cour », 24, 25) ou progressif: « Une chose arrive, ils en parlent trop; bientôt ils en parlent peu; ensuite ils n'en parlent plus, et ils n'en parleront plus [...] » (« Des grands », 54).

Straton (« De la cour », 66) est le héros de ce « roman » où le temps est sans cesse perdu et retrouvé. Ses « deux étoiles » ont brillé alternativement: « [...] il a eu de beaux songes, il en a eu de mauvais [...] l'extrême et le médiocre lui sont connus. » Peut-on imaginer que le roman de Marcel Proust (*À la recherche du temps perdu*, 1913-1927) soit inversé, commençant par le temps retrouvé et s'achevant par le temps perdu? C'est ni plus ni moins ce qui arrive à N**:

> Les deux tiers de ma vie sont écoulés; pourquoi tant m'inquiéter sur ce qui m'en reste? La plus brillante fortune ne mérite point ni

le tourment que je me donne [...]; trente années détruiront ces colosses de puissance qu'on ne voyait bien qu'à force de lever la tête; nous disparaîtrons, moi qui suis si peu de chose, et ceux que je contemplais si avidement, et de qui j'espérais toute ma grandeur; le meilleur de tous les biens, s'il y a des biens, c'est le repos, la retraite et un endroit qui soit son domaine. (« De la cour », 66.)

N** a pensé cela dans sa disgrâce, et l'a oublié dans la prospérité. Proust croyait l'art capable de vaincre, d'une certaine façon, la malédiction du temps qui passe et nous échappe. La Bruyère opposerait-il à cet idéalisme un réalisme pessimiste et défaitiste? Pour se convaincre du contraire, on peut s'aviser que N** n'est pas forcément donné comme un modèle à suivre, mais plutôt comme un exemple de ce qu'il ne faut pas faire.

Grand artiste lui aussi, La Bruyère croit certainement aux vertus de l'art pour surmonter les servitudes de la condition humaine soumise au temps destructeur. Son art consiste, on l'a vu dans cette problématique 7, à utiliser l'image de façon à nous apprendre trois choses:

le réel s'offre toujours à nous sous forme d'images, qu'il faut savoir décrypter;

– quand la réalité (morale, par exemple) est trop abstraite, le recours à une image concrète permet de l'approcher mieux;

– l'image n'est qu'un instrument, heuristique[1] et poétique. Il ne faut pas en faire une icône vénérable et intouchable. Il faut au contraire pouvoir jouer avec elle, et, par exemple, la retourner, pour voir, comme dans ces chromos pour enfants où la tête du loup ou le bonnet de la grand-mère sont dissimulés dans les ramures du feuillage. Parce qu'il est un vrai poète, la lecture de La Bruyère est, aussi, un jeu d'enfant.

---

**1.** Est *heuristique* ce qui permet de découvrir quelque chose (du grec *Eurêka*, « j'ai trouvé! », le fameux cri d'Archimède).

# 8 L'écriture fragmentaire

C'est une tradition de l'écriture morale de se présenter sous forme de morceaux séparés et juxtaposés, plus ou moins articulés entre eux et regroupés de manière plus ou moins lâche sous des titres de rubriques-chapitres, comme le *Manuel* d'Épictète (Ier siècle apr. J.-C.) ou *Les Caractères* de Théophraste, que La Bruyère traduit au début de son ouvrage.

Au XVIe siècle, les *Essais* de Montaigne donnent un modèle où chaque développement est fort long, certes, et fort construit, quoique « à sauts et à gambades », mais forme un tout séparé des autres chapitres et reprenant toujours les problèmes au point de départ, sans trop tenir compte des acquis accumulés dans les chapitres précédents. On peut ainsi sans difficulté lire Montaigne dans le désordre.

Au XVIIe siècle, ce mode d'écriture discontinue s'est largement développé, et La Bruyère ne manque pas de modèles parmi ses prédécesseurs immédiats.

## LES MODÈLES DE LA BRUYÈRE AU XVIIe SIÈCLE

### Pascal et les *Pensées*

Le modèle qu'a proposé Pascal est prestigieux, bien qu'involontaire. On sait qu'ayant le projet d'écrire un ouvrage démonstratif très construit, une apologie de la religion chrétienne pour convaincre les incroyants (les « libertins ») de se convertir, il en réunit peu à peu les matériaux sur des feuilles – nous dirions « de brouillon » – où il inscrivait quelques mots, une formulation frappante, des images, des références, pour fixer sa mémoire. Il comptait utiliser ces éléments dispersés, ces notes, notices, notations, notules, les ordonner et les inclure, en les rédigeant de façon suivie, dans le plan d'ensemble de sa « dissertation ». La mort l'empêcha de le faire (malade, Pascal est mort en 1662, à 39 ans). Ses amis réunirent et classèrent tant bien que mal tous ces papiers volants et donnèrent une édition de ce qu'ils appelèrent ses *Pensées*, en 1670. On a depuis discuté l'ordre choisi par cette édition, on en a proposé d'autres, on en discute encore.

Tel qu'il se présente, dans quelque ordre que ce soit, le texte pascalien fascine, non pas malgré son inachèvement, mais à cause de lui : d'être isolé, « brut de décoffrage », libéré des obligations syntaxiques et logiques du discours élaboré, chaque fragment présente une force évocatrice, une fulgurance poétique inégalées. C'est, on le sait, l'un des grands modèles de La Bruyère.

## Les mondains et le jeu de société

Un autre modèle lui était offert par les genres d'écriture pratiqués dans les salons par ceux qu'on appelait alors « les mondains ». Petits genres, permettant de briller dans les cercles par la production, donnée comme facile et sans prétention à la haute littérature, d'un impromptu, d'un madrigal, d'un sonnet, d'une épigramme. Il s'agissait souvent de vers, mais ces petits éclairs du génie mondain, dédiés au plaisir éphémère d'un public cultivé, pouvalent aussi être en prose : énigmes, portraits, maximes. Molière s'est moqué de cette mode, qui, en effet, n'allait pas toujours sans ridicule (raffinement excessif, préciosité, prétention), dans *Les Précieuses ridicules* (1659) avec Mascarille et Jodelet, dans *Le Misanthrope* (1666) avec Oronte (scène du sonnet, I, 2) et même avec Célimène (scène des portraits, II, 4), ainsi que dans *Les Femmes savantes* (1671) avec Trissotin et Vadius. De Voiture (1597-1648) à Fontenelle (1657-1757), tout le siècle est traversé par cette mode dont La Bruyère s'inspire aussi pour s'adresser à son public, comme on fait la conversation, et souvent à bâtons rompus.

Avec le thème inépuisable de l'amour, le sujet moral était le plus fréquemment abordé. Il l'était sous forme de jeu : il s'agissait, par exemple, de répondre à des questions morales, d'établir des distinctions ou au contraire des parallèles entre des situations, des « cas » différents, de proposer des définitions, de caractériser des actions, de faire reconnaître quelqu'un en brossant son portrait, de résoudre des cas de conscience. Le roman de Mme de Lafayette, *La Princesse de Clèves* (1678), étendit largement ce jeu dans le public, avec le relais de la presse. Une sorte de « courrier des lecteurs » s'était établi, où s'échangeaient les avis. On y discutait des actions des principaux personnages du roman (Mme de Clèves, le duc de Nemours, M. de Clèves, Mme de Chartres, la Dauphine), leur donnant raison ou tort, évaluant le degré de vraisemblance de leurs réactions, essayant d'identifier et de nommer leurs mobiles, de leur opposer d'autres exemples de comportement, etc.

On trouve sous la plume de La Bruyère des formules qui correspondent tout à fait à cette pratique du jeu de société : « Comment nommerai-je cette sorte de gens qui [...]? » (« De la cour », 85) ; « On demande si en comparant [...] » (« Des grands », 5) ; « Quelle est l'incurable maladie de Théophile ? » (« Des grands », 15).

## La Rochefoucauld et la maxime

Non sans rapport avec ces pratiques mondaines, l'exemple de La Rochefoucauld s'impose enfin comme une parfaite réussite du genre. Grand seigneur, austère et quelque peu hautain, ce moraliste décanta ce genre de tout son bavardage, élagua les approximations, les lourdeurs, les ramifications inutiles, et remit en honneur la forme brève, tranchante, impersonnelle, épurée, de la maxime. Ses *Réflexions* ou *Sentences et Maximes morales* (1664), plus couramment appelées *Maximes*, ont eu aussi une grande influence sur La Bruyère. Ce dernier s'en écarte pourtant dans l'inspiration : d'une part, il ne s'en tient pas à la thèse de l'amour-propre comme cause de la faiblesse morale généralisée, théorie qui est celle de son illustre prédécesseur. D'autre part, il ne se contente pas de la forme dense et abstraite de la maxime. Il y recourt parfois, mais le plus souvent il étoffe son observation d'une réflexion, d'un jugement, d'une prise de parti ou d'un sourire, et surtout il la nourrit d'éléments concrets.

S'inspirant de tous ces modèles, La Bruyère dispose donc d'une écriture discontinue, en contradiction avec la règle classique de composition, mais apte à traquer l'objet moral dans toutes les situations pratiques où la vie le dispose. Son œuvre sera elle aussi, comme celle de La Fontaine, « une ample comédie à cent actes divers » (« Le Bûcheron et Mercure », *Fables*, V, 1).

## FAUT-IL NOMMER LES FRAGMENTS DES *CARACTÈRES* ?

### L'avis de l'auteur

Dans son « Discours sur Théophraste », La Bruyère aborde cette question, mais il ne la tranche pas. Il dit vouloir s'écarter du genre catalogue adopté par Théophraste, qu'il appelle « description ou énumération », pour se rapprocher du modèle des « proverbes » de Diogène Laërce (écrivain grec du IIIe siècle après J.-C.), « c'est-à-dire de pièces détachées », précise-t-il. Et il se réfère au livre de la Bible qui porte le titre de Proverbes. Il déclare ensuite qu'il veut faire tout autre chose que Pascal et La Rochefoucauld, ce qui est manière de refuser les termes « pensées » et « maximes ». La fin de la Préface des *Caractères* donne là-dessus des indications très utiles :

> Ce ne sont point au reste des maximes que j'aie voulu écrire : elles sont comme des lois dans la morale, et j'avoue que je n'ai ni assez d'autorité ni assez de génie pour faire le législateur ; je sais même que j'aurais péché contre l'usage des maximes, qui veut qu'à la manière des oracles elles soient courtes et concises. Quelques-unes de ces remarques le sont, quelques autres sont plus étendues : on pense les choses d'une manière différente, et on les explique par un

tour aussi tout différent, par une sentence, par un raisonnement, par une métaphore ou quelque autre figure, par un parallèle, par une simple comparaison, par un fait tout entier, par un seul trait, par une description, par une peinture : de là procède la longueur ou la brièveté de mes réflexions.

Le mot « réflexions » a remplacé ici le mot « remarques » à partir de la IVe édition. Il ne faut probablement pas accorder trop d'importance à cette correction, en imaginant par exemple que La Bruyère a décidé que le mot « réflexions » était plus exact pour désigner ses fragments. En effet, le mot « remarque » figurant dans la phrase qui suit le texte cité ci-dessus, il a sans doute simplement voulu éviter la répétition.

Faut-il donc prendre au pied de la lettre cette liste proposée par l'auteur lui-même : « définition » (dans les trois premières éditions), « sentence », « raisonnement », « métaphore », « parallèle », « comparaison », « fait tout entier » (= anecdote), « un seul trait », « description », « peinture » ? Il semble qu'elle ne soit ici, à la fin d'une préface, qu'une esquisse de classement signalant surtout la diversité des types de remarques, et lançant peut-être un défi à qui se mettrait en devoir d'en établir une typologie[1] complète.

## Le défi du classement

La critique n'a pas manqué de relever ce défi et a imaginé toutes sortes d'autres catégories pour tenter de classer les remarques. Aucun de ces classements n'étant décisif, nous proposons ici l'éventail le plus large possible, et rattachons à chacune de ses branches les remarques des chapitres « De la cour » et « Des grands » qui lui correspondent. Globalement, l'ordre choisi va du plus court au plus long. Il commence par l'impersonnel, où ni le sujet de l'énonciation ni l'objet de l'énoncé ne sont identifiables :

1. Une typologie est un classement par *types* de texte. Les catégories définissant ces types peuvent être purement grammaticales (l'interrogation) ou renvoyer aux divers modes du discours (le dialogue), ou encore se référer à de véritables genres littéraires (la maxime, le portrait).

c'est la maxime, la définition et le pur constat. Il passe ensuite à ce qui suppose et rend sensible la présence d'un sujet de l'énonciation (à partir de la réflexion). Il se termine par la série des portraits, où ce n'est plus le *on* ni le *je* qui sont en scène, mais le *il*.

## TYPOLOGIE DES REMARQUES DANS « DE LA COUR » ET « DES GRANDS »

- Maxime pure : « De la cour », 7, 21, 34, 55, 91, 98, 100 ; « Des grands », 9, 21, 35, 49.
- Définition : « De la cour », 14, 85.
- Constat philosophique : « De la cour », 5, 6, 9, 11, 12, 29, 51, 63, 82 ; « Des grands », 24, 30, 33, 38, 42, 54.
- Réflexion : « De la cour », 4, 33, 41, 99 ; « Des grands », 3, 11, 39, 47, 52.
- Interrogation : « De la cour », 3, 69, 77, 85 ; « Des grands », 8, 10.
- Exclamation : « De la cour », 30, 57, 71, 78.
- Apostrophe : « De la cour », 40.
- Énigme : « Des grands », 40.
- Paradoxe : « De la cour », 1, 53, 89.
- Concession : « De la cour », 27, 81 ; « Des grands », 6, 18.
- Comparaison : « De la cour », 10, 64, 65, 75 ; « Des grands », 12.
- Parallèle : « De la cour », 26, 28, 35, 36, 37, 67, 70, 76, 87 ; « Des grands », 27, 28, 29, 41, 44.
- Antithèse et retournement : « De la cour », 8, 32, 39, 42, 43, 49, 58, 60, 73, 86, 88, 90, 92, 97 ; « Des grands », 4, 16, 17, 55.
- Variations : « De la cour », 44, 45, 80.
- Conseil : « De la cour », 94 ; « Des grands », 43, 51, 56.
- Description : « De la cour », 13.
- Tableau (ou Portrait du groupe) : « De la cour », 50, 74.
- Dialogue : « Des grands », 7, 23.
- Épigramme : « De la cour », 23, 25, 101 ; « Des grands », 1, 19.
- Analyse : « De la cour », 72, « Des grands », 13, 22.
- Discours : « De la cour », 31, « Des grands », 36.

– Dissertation : « De la cour », 79 ; « Des grands », 31.
– Commentaire de texte : « Des grands », 37.
– Citation : « De la cour », 54.
– Portrait collectif : « De la cour », 16, 17, 18, 22, 38, 46, 47, 83, 95 ; « Des grands », 26, 32, 34.
– Portraits comparés : « Des grands », 5, 25, 53.
– Portrait sans nom : « De la cour », 2, 15, 20, 24, 46, 59, 62.
– Vrai portrait-caractère : « De la cour », 19, 48, 52, 56, 61, 66, 68, 93, 96 ; « Des grands », 2, 15, 20, 45, 48, 50.

Ce tableau-liste n'est pas inutile. Il permet de repérer des ensembles, de relier entre elles des remarques éloignées l'une de l'autre, de mesurer leurs écarts respectifs. Cependant, il présente plusieurs inconvénients qu'il faut bien garder à l'esprit. D'une part, certaines remarques peuvent appartenir à plusieurs « types » à la fois : apostrophe et portrait, par exemple, pour « De la cour », 93, ou pour « Des grands », 2 ; interrogation, définition et conseil pour « De la cour », 85, etc. D'autre part, il peut paraître arbitraire de hiérarchiser ainsi les remarques, comme si le portrait en était l'idéal, que La Bruyère n'aurait atteint que de temps en temps, encombrant par ailleurs son texte d'une foule d'autres éléments inutiles, comme un minerai qu'il faut séparer de sa gangue.

En réalité, c'est bien dans l'ordre où elles ont été placées par leur auteur qu'il faut lire ces remarques. Interrompu à chaque instant, on s'apercevra que, si leur continuité et leur unité ne sont pas celles d'un récit ou d'une démonstration, elles n'en existent pas moins. On peut dire qu'elles sont d'ordre poétique, voire musical.

## LA VÉRITABLE UNITÉ POÉTIQUE DES *CARACTÈRES*

En fait, chaque chapitre est comme un récit entrecoupé dont on aurait perdu les enchaînements, et qui serait ainsi devenu un poème. On sait que l'unité d'un poème est plus musicale que rhétorique ou narrative. Or, il est possible, de remarque en remarque, de suivre ainsi une ligne mélodique qui relie l'une à l'autre, quel que soit leur « type ».

## La ligne mélodique

Il en va ainsi, par exemple, pour les deux premières remarques de « De la cour » : « qu'il ne sait pas la cour » (1)/ « qui sait la cour » (2). C'est comme un refrain qui revient: « ils ont la parole » (17)/ « ils parlent où tous les autres se taisent » (18). Parfois, ce sont de véritables « thèmes » qui se font entendre: « avant sa faveur » (24)/ « ayant monté à une grande faveur » (25)/ « celui qui est en faveur » (26) ; « dans un nouveau poste » (32)/ « d'un poste éminent » (33). Les mots « monte » et « monter » relient ainsi les remarques 33 et 34, et le mot « brigue » fait rebondire la remarque 43 sur la remarque 42. « Nouveau » unit 56 à 57, « ministre » 57 à 58, « sérieux » 63 à 64, « province » 67 à 68, « esclave » 69 à 70, « les autres » 79 à 80, « manège » 89 à 90, « intrigue » 91 à 92, « tomber » 93 à 94...

On percevra sans peine des liaisons de ce genre dans le chapitre « Des grands » : par exemple entre 3 et 4, 12 et 13, 21 et 22, 25 et 26, 40 et 41, 48 et 49, 55 et 56.

## L'unité du texte à travers les divers registres

Imaginons que chaque chapitre des *Caractères* est composé comme l'est une symphonie. On ne s'étonnera pas d'y trouver des mouvements successifs assez différents l'un de l'autre (*scherzo*, *adagio*, *allegro*), et l'on saura néanmoins qu'on a affaire à une seule symphonie, et que son auteur l'a conçue comme un tout. Ainsi, au cours du voyage auquel il nous convie dans le monde moral, La Bruyère nous fait entendre tour à tour, se mettant l'un l'autre en valeur par leur contraste même: l'éloquent (« De la cour », 99; « Des grands », 25), le sérieux (« De la cour », 72; « Des grands », 52), le plaisant (« De la cour », 7; « Des grands », 33), le comique (« De la cour », 49, 52, 74; « Des grands », 48) et le burlesque (« De la cour », 14; « Des grands », 23).

La vie elle-même n'est jamais exempte de ces mélanges, et la réflexion morale consiste justement à ne pas enfermer le jugement dans les limites d'un seul registre. Il y a des éléments de satire (« Des grands », 21) chez La Bruyère; il y a aussi des ébauches de comédie (« De la cour », 19, 61, 62: « il pleure d'un œil et il rit de l'autre »!) ; il y a du sourire (« De la cour », 69) et de l'indignation (« Des grands », 4) ; de la gravité (« Des grands », 12) et de l'ironie (« De la cour », 77), mais on ne reste jamais bloqué sur l'une ou l'autre de ces positions. Il faut les adopter tour à tour pour connaître sous tous ses aspects l'ensemble du paysage moral de cette société de pouvoir, et pour se rendre capable, éventuellement, d'engager la lutte contre elle.

## Les multiples vertus du fragment

Le texte a sans doute beaucoup plus d'énergie et de puissance en se présentant ainsi en mille éclats. Sur le sujet qu'il traite, il assure la pluralité des points de vue, et il met la morale « en actes », dont le spectacle ne cesse de se renouveler. Alors qu'un texte suivi ne peut utiliser qu'une fois l'effet de l'incipit[1] et celui de la chute[2], l'écriture fragmentaire peut multiplier ces effets autant de fois qu'il y a de fragments. C'est un texte qui ne cesse de s'achever et de recommencer... Il invite ainsi régulièrement ses lecteurs à chercher eux-mêmes les liaisons et à tirer eux-mêmes les leçons que sa brièveté ne fait que leur suggérer.

Il y a plus. La prise qu'a le fragment sur le monde qu'il décrit est bien plus forte que ne serait celle d'un grand discours accusateur. Il se présente comme la peinture fidèle et exacte de ce monde tel qu'il est: à société fragmentée, texte fragmenté. Pourquoi trouverait-on dans le discours la cohérence qui n'existe pas dans l'objet du discours? Ainsi, le texte accuse dans et par sa forme même.

1. *Incipit*: commencement du texte, mots qui le « lancent ».
2. *Chute*: fin du texte, ménageant une surprise.

En outre, cette forme lui donne la plus grande liberté face au pouvoir qu'il dénonce : le texte n'ourdit aucun complot, n'organise aucune campagne contre le pouvoir. Technique de guérilla, qui évite soigneusement la bataille rangée.

Enfin, vertu suprême à coup sûr pour un écrivain, le fragment permet à La Bruyère de ne proposer d'achèvement, d'accomplissement à son texte qu'esthétique. Manifestation d'un malaise, oui. Témoignage d'une conscience, oui. Révolte d'une sensibilité, oui. Dossier accablant pour le régime, oui. Mais après tout cela, ou plutôt avant tout cela, comme nous venons de le voir à travers tout le travail de composition[1] auquel s'est livré l'écrivain, œuvre d'art.

**1.** Et il ne faut pas hésiter à entendre ce mot dans le sens technique qu'il a en musique : l'art du *compositeur*.

# 9 Personnages et portraits

## LA PEINTURE DES CARACTÈRES ET LE RECOURS AUX PERSONNAGES

Ce sont deux choses bien différentes de choisir un trait de caractère, d'en faire une description abstraite et de le classer parmi les autres, ou de choisir un homme qui présente ce trait, de le montrer en action dans le monde et de s'adresser éventuellement à lui. Théophraste passait habituellement de la première à la seconde. La Bruyère n'a pas adopté cette régularité. Ses personnages disposent, dans *Les Caractères*, d'une extraordinaire liberté de mouvement. Ils y entrent et en sortent inopinément, comme sur la scène d'un théâtre où l'on répéterait plusieurs pièces en même temps.

On éprouve là les effets d'une dialectique[1] qui, tantôt considère l'homme dans son essence et repère en lui des traits permanents, tantôt le reconnaît comme toujours changeant, toujours divers selon les situations – exceptionnelle, historique ou sociale – où il est placé. La Bruyère avoue osciller entre ces deux approches. Dans le « Discours sur Théophraste », il écrit : « Les hommes n'ont point changé selon le cœur et selon les passions ; ils sont encore tels qu'ils étaient alors et qu'ils sont marqués dans Théophraste ». Mais, quelques lignes auparavant, il déclarait : « Les hommes n'ont point d'usages ni de coutumes qui soient de tous les siècles, [...] elles changent avec les temps [...] ». L'hésitation ou le balancement entre le procédé de généralisation et le recours aux cas

1. *Dialectique* : coexistence des contraires.

particularisants explique la distribution très aléatoire des modèles humains dans *Les Caractères*. On y trouve en effet cinq catégories d'apparition des personnages mis en scène par le moraliste :

– des *portraits anonymes*, comme celui d'« un homme qui sait la cour » (« De la cour », 2), ou celui d'« un homme qui s'est depuis quelque temps livré à la cour » (« De la cour », 62) ;

– des *portraits collectifs* : celui des « gens aventuriers et hardis [...] qui se produisent eux-mêmes » (« De la cour », 16) ; celui d'« une certaine espèce de courtisans, hommes flatteurs, complaisants, insinuants » (« De la cour », 18) ; celui du « on » qui « se couche à la cour et se lève sur l'intérêt » (« De la cour », 22) ; celui des « hommes avides [...] capables de toutes les grâces » (« De la cour », 46) ; celui d'« un certain nombre de gens en qui l'usage du monde, la politesse ou la fortune tiennent lieu d'esprit » (« De la cour », 83) ; celui « des gens à qui la faveur arrive comme un accident » (« De la cour », 84) ; celui des « grands de la cour [qui] ne peuvent cacher leur malignité » (« Des grands », 26) ; celui des « hommes nés inaccessibles » (« Des grands », 32) ;

– des *portraits comparés* : des « grands » et des « petits » (« Des grands », 5, 25, 53) ;

– des *portraits de groupe*, par exemple toute la société louis-quatorzienne vue de l'extérieur comme un phénomène bizarre (« De la cour », 74) ;

– enfin des *portraits proprement dits,* où le personnage décrit est individualisé et doté d'un nom. Ce nom se réduit parfois à une simple initiale. Il y a parfois aussi deux noms pour le même portrait : ce type double ou jumeau se rapproche – aux noms près – du portrait collectif.

## UNE TRENTAINE DE NOMS DE PERSONNAGES ET UNE VINGTAINE DE PORTRAITS

On réserve le nom de *portrait* aux remarques qui tournent autour d'un personnage nommé. Il est parfois difficile de distinguer ce qui les différencie – au nom près – d'autres remarques dont le personnage reste anonyme, voire collectif.

Les chapitres « De la cour » et « Des grands » ne comportent pas les portraits les plus célèbres des *Caractères*. En effet, Ménippe, l'oiseau paré de divers plumages, est au chapitre II, « Du mérite personnel » (40) ; Arrias, le hâbleur, et Cydias, le bel esprit, illustrent le chapitre V, « De la société et de la conversation » (9, 75) ; Giton le riche, et Phédon, le pauvre, terminent le chapitre VI, « Des biens de fortune » ; Narcisse, le mondain, figure au chapitre VII, « De la ville » (12) ; Ménalque, le distrait, Irène, la femme qui a peur de la mort, et Gnathon, l'égoïste, se trouvent au chapitre XI, « De l'homme » (7, 35, 121) ; enfin c'est au chapitre XIII, « De la mode », qu'on peut voir le charmant Diphile, l'amateur d'oiseaux (2), et l'inquiétant Onuphre, le faux dévot, version améliorée de Tartuffe (24).

Les chapitres VIII, « De la cour », et IX, « Des grands » présentent pourtant un bel échantillon d'une vingtaine de portraits, dont voici la liste[1] :

- « De la cour » :

– 15 : N**.
– 19 : Cimon et Clitandre, les importants.
– 20 : (Hyacinthe).
– 43 : Artémon, le faux modeste.
– 48 : Ménophile, le masque.
– 52 : Théonas, l'évêque… en attendant mieux.

1. Sont entre parenthèses les noms qui ne correspondent pas à un portrait proprement dit, mais qui servent à l'illustration d'un autre caractère donnant lui-même lieu à un portrait ou non. L'ensemble compte donc exactement dix-huit portraits, pour trente noms.

– 56 : Timante, de nouveau important.
– 59 : (Plancus, décrié après sa mort).
– 61 : Théodote, l'empressé.
– 66 : N**, que la disgrâce n'a pas instruit.
– 68 : Xantippe, qui a rêvé dans sa province.
– 78 : (Timagène et Iphicrate, un sot et un lâche ?).
– 93 : Aristide, au mérite reconnu, tant qu'il sert.
– 96 : Straton, né sous deux étoiles.

• « Des grands » :
– 2 : Théagène, le prince du sang.
– 8 : (Philanthe, le serviteur mal goûté).
– 14 : Lucile, qui ne fréquente que les grands.
– 15 : Théophile, qui veut gouverner les grands.
– 20 : Téléphon, l'inaccessible ; (Socrate, Aristide, Dave, ses fréquentations).
– 24 : (Thaïs, Phryné, courtisanes).
– 41 : (Thersite, Achille, antonomases[1]).
– 45 : Aristarque, précédé d'un héraut.
– 48 : Théognis, le coquet « tout-à-tous ».
– 50 : Pamphile, l'homme plein de lui-même : un Pamphile, les Pamphiles...

## POURQUOI SONT-ILS TOUS GRECS ?

C'est d'abord à cause de Théophraste, bien sûr, et pour rester sur la lancée qu'il a prise avec lui. La Bruyère entretient la fiction d'une « continuation » de l'ouvrage de son devancier, disciple et successeur d'Aristote, tout en déclarant qu'il s'y prend d'une autre façon que lui. De même, Molière écrit ses comédies d'une manière bien différente de celle de Plaute et de Térence, mais continue à

1. *Antonomase* : figure de langage consistant à désigner un individu par le personnage dont il rappelle le caractère typique (par exemple : « c'est un Néron » au lieu de « c'est un homme cruel »).

nommer ses personnages Clitandre, Uranie, Alceste ou Béralde, et Boileau parle de Damon dans la *Satire I* (1660). En effet, ces écrivains, comme tous ceux du siècle et en tout cas tous ceux qui prendront le parti des Anciens dans la fameuse Querelle, se réfèrent aux modèles de l'Antiquité gréco-latine, dont la Renaissance, au siècle précédent, a redécouvert toutes les richesses.

Ces richesses font désormais tellement partie de la culture française qu'une simple antonomase suffit pour caractériser un personnage d'après une référence à la mythologie ou à l'histoire antiques. Dire qu'il est « un Ulysse » ou « un Néron » le montre capable de tout ce qu'on sait de ces héros, positifs ou négatifs. Ainsi, quand La Bruyère essaie d'expliquer la bravoure militaire des grands, il lui suffit de nommer Thersite[1] pour dire la faiblesse d'un lâche, et Achille pour signifier le courage d'un héros (« Des grands », 41). De la même façon, les filles publiques sont Thaïs ou Phryné[2] (« Des grands », 24), et les hommes sages se nomment Socrate ou Aristide (« Des grands », 20). Quand les grands veulent se distinguer du peuple, inculte et chrétien, ils laissent de côté les noms des apôtres du Christ et choisissent des noms profanes: Annibal, César, Pompée, Lucrèce, Hector, Achille, Hercule, Phébus, Diane, et pourquoi pas « Jupiter ou Mercure, ou Vénus, ou Adonis? » (Des grands », 23). On remarque que les dieux portent leur nom latin et non leur nom grec (Zeus, Hermès, Aphrodite). Le latin est beaucoup plus rare, sous la plume de La Bruyère, mais il existe aussi: « Celui qui dit: "je dînai hier à Tibur[3]", ou "j'y soupe ce soir", qui le répète, qui fait entrer dix fois le nom de Plancus dans les moindres conversations [...] » (« De la cour », 59).

---

**33.** *Thersite*: personnage de l'*Iliade* d'Homère. Il n'est pas noble, et il est lâche. Il est pour cette raison tué par Achille.

**34.** *Thaïs*, *Phryné*: célèbres courtisanes de l'Antiquité grecque. L'une fut la maîtresse d'Alexandre, le conquérant; l'autre celle de Praxitèle le sculpteur.

**35.** *Tibur*: petite ville d'Italie, villégiature proche de Rome, où le poète Horace possédait un domaine. On appelait ainsi, au temps de La Bruyère, la maison de campagne que le ministre Louvois avait fait construire.

## DES PORTRAITS AU SECOND DEGRÉ

Le goût du portrait, comme « morceau choisi » est tel au XVIIe siècle que tous les écrivains, ou peu s'en faut, y ont recouru. Molière y consacre une célèbre scène du *Misanthrope* (la « scène des portraits » de Célimène, II, 4) ; La Fontaine offre celui de sa protectrice, Mme de La Sablière, sous le nom d'« Iris », à l'intéressée elle-même et, derrière elle, à ses lecteurs (*Fables*, IX, fin) ; Retz, La Rochefoucauld, Saint-Simon en parsèment leurs *Mémoires*, Boileau ses *Satires*, Mme de Lafayette ses romans, Bossuet ses *Oraisons funèbres* et Mme de Sévigné ses *Lettres*.

C'est cette habitude qui explique la recherche passionnée des « clés ». Derrière chaque portrait ainsi composé, les gens du XVIIe siècle aimaient à reconnaître un de leurs contemporains. Dans la Préface de son « Discours de réception à l'Académie », La Bruyère s'est défendu contre toutes celles qui ont couru pour identifier ses personnages: « [...] fausses clés, et qui leur sont aussi inutiles qu'elles sont injurieuses aux personnes dont les noms s'y voient déchiffrés et à l'écrivain qui en est la cause, quoique innocente ». Qu'on se rappelle pourtant le début de la Préface même des *Caractères*: « Je rends au public ce qu'il m'a prêté; j'ai emprunté de lui la matière de cet ouvrage. »

Car, bien sûr, le moraliste proprement dit est encore plus habilité que les autres écrivains à recourir à ce procédé de description des mœurs. La Bruyère le fait de façon tellement spontanée qu'il lui arrive de composer jusqu'à des portraits au second degré. Ce sont tantôt des portraits élaborés, offerts non directement au lecteur mais, pour ainsi dire, aux personnages mêmes qui étaient déjà en scène. Ainsi les hommes qui aiment courir aux exécutions capitales se voient-ils offrir une alternative, pour les inciter à changer de spectacle et à observer de près « un heureux », « le jour-même où il a été nommé à un nouveau poste » (« De la cour », 50). Tantôt le portrait des uns consiste dans la façon même dont ils font (défont, refont) le portrait des autres:

> Vient-on de placer quelqu'un dans un nouveau poste, c'est un débordement de louanges en sa faveur, qui inonde les cours et la chapelle, qui gagne l'escalier, les salles, la galerie, tout l'appartement : on en a au-dessus des yeux, on n'y tient pas. [...] tous se laissent entraîner au torrent qui les emporte, qui les force de dire d'un homme ce qu'ils en pensent ou ce qu'ils n'en pensent pas, comme de louer souvent celui qu'ils ne connaissent point. L'homme d'esprit, de mérite ou de valeur devient en un instant un génie du premier ordre, un héros, un demi-dieu. Il est si prodigieusement flatté dans toutes les peintures que l'on a fait de lui, qu'il paraît difforme près de ses portraits. [...] Commence-t-il à chanceler dans ce poste où on l'avait mis, tout le monde passe facilement à un autre avis [...]. (« De la cour », 32.)

On voit que, sans qu'il s'agisse toujours de la versatilité reprochée ici aux courtisans, la forme du portrait et son implantation dans le texte sont d'une extrême variété – et par conséquent les effets qu'il peut produire d'une infinie richesse – dans *Les Caractères*.

## LE PORTRAIT : UN ART TOTAL

N'étant pas contraint par la rigidité d'une forme *a priori*, ni par des règles rhétoriques ou poétiques précises, La Bruyère déploie dans ces « morceaux » que sont ses portraits toute l'invention d'un artiste consommé. Quand on parle de portraits, c'est bien sûr à la peinture qu'on pense d'abord.

### Un « excellent peintre »

« Tout écrivain est peintre, et tout excellent écrivain excellent peintre ». Cette déclaration de la Préface du « Discours de réception à l'Académie » prononcé par La Bruyère vaut aussi pour ses *Caractères*. La précision du trait

> Théodote avec un habit austère a un visage comique, et d'un homme qui entre sur la scène ; sa voix, sa démarche, son geste, son attitude accompagnent son visage. Il est fin, cauteleux, doucereux, mystérieux (« De la cour », 61)

s'allie à la richesse de la couleur: l'éclat indéfinissable de Téléphon s'exprime par la vision du « feu » (« Des grands », 20) ; ce n'est pas d'être cardinal que rêve Théonas, c'est d'un habit « de pourpre » et d'« une croix d'or » (« De la cour », 52).

Rêve pour rêve, celui de Xantippe a lieu dans un cadre typé: « Xantippe au fond de sa province, sous un vieux toit et dans un mauvais lit, a rêvé pendant la nuit [...] » (« De la cour », 68). Autre cadre, plus luxueux mais tout aussi intimiste, pour Théophile, l'insinuant:

> Ce n'est pas au milieu d'une chambre qu'il s'arrête: il passe à une embrasure ou au cabinet[1] (« Des grands », 15).

Voilà bien cadrée la composition du tableau et précisé son centre.

Le portrait de Théognis (« Des grands », 48) est constitué d'une série de vignettes juxtaposées en planche, à la manière de certaines bandes dessinées d'autrefois: 1. le coquet sort, « paré comme une femme » ; 2. il ajuste « ses yeux et son visage » ; 3. « gracieux » et « souriant », il rencontre quelqu'un; 4. il se tourne sur le côté pour saluer; 5. il « embrasse », en le serrant très fort, un inconnu; 6. il écoute un solliciteur avec sollicitude; 7. il refuse, avec un air bienveillant et navré; 8. il quitte « le client » à la porte, avec mille caresses; 9. le client s'en va, l'air satisfait.

Pamphile, enfin, est, au sens propre, un faux en peinture, une copie: il « veut être grand, il croit l'être; il ne l'est pas, il est d'après un grand » (« Des grands », 50).

## Le soin apporté à la bande-son

Aux qualités picturales, La Bruyère ajoute les effets sonores. Les scènes qu'il peint sont souvent accompagnées d'une bande-son impressionnante par son « caractère ». Quand N** arrive, c'est d'abord un « grand bruit » que l'on entend; puis la manière dont il

1. Cabinet: petite pièce retirée, dans un appartement, où l'on conserve des objets précieux, où l'on travaille, où l'on se repose.

frappe à la porte : « il gratte, il heurte presque[1] » ; enfin, après l'énoncé de son nom et le court silence de surprise qui le suit, le brouhaha confus de la foule qui entre : toute une séquence sonore en trois lignes (« De la cour », 15). De même pour l'air sonné par le « trompette » et la proclamation du « héraut » devant Aristarque, opposés au silence, plus convenable à une bonne action, que souhaite le moraliste (« Des grands », 45).

On entend les personnages de La Bruyère autant qu'on les voit. À Théonas est laissé le mot de la fin (« De la cour », 52) ; les propos tenus par Straton sont immédiatement repris en chœur, orchestrés par la foule des courtisans (« De la cour », 96). Et Pamphile, dont la voix élevée ne laisse rien ignorer de sa sotte prétention, ne se contente pas de transformer sa personne en une décoration, il transforme cette décoration même en une formule, prononcée avec emphase comme le début d'un « grand air » d'opéra : « Mon ordre, mon cordon bleu » (« Des grands », 50).

## Un chef-d'œuvre de la vidéo

Plus encore qu'à la peinture et à la musique, c'est au cinéma que font penser les réalisations de La Bruyère, car il possède aussi le talent de rendre le mouvement. Il s'en propose à lui-même pour ainsi dire le programme, à propos de Cimon et de Clitandre :

> Qui pourrait les représenter exprimerait l'empressement, l'inquiétude, la curiosité, l'activité, saurait peindre le mouvement[2]. (« De la cour », 19.)

Et ce programme, il l'applique, non seulement dans cette remarque même, aussi agitée et trépidante qu'un film de Charlot, mais un peu partout. Ne *voit*-on pas en effet la séquence où, possédé de sa manie de « gouverner » les grands (ce qui signifie, au

1. À la porte du roi ou à celle des grands, l'étiquette interdisait de frapper. On ne demandait l'ouverture de la porte qu'en grattant du bout des ongles.

2. On voit ici comment l'écrivain est en mesure de recharger de leur valeur concrète – qui était la première dans l'histoire de la langue – des mots qui avaient tendance à se diriger vers l'abstraction. Ainsi, l'« inquiétude », avant d'être un tourment de l'esprit, est une incapacité à tenir son corps au repos.

sens propre et premier, les conduire comme on dirige un bateau), Théophile peut lui donner libre cours :

> À peine un grand est-il débarqué, qu'il l'empoigne et s'en saisit (« Des grands », 15).

Comme le premier livre des *Fables* de La Fontaine (« la bise » de la première fable, « La Cigale et la Fourmi », et l'aquilon de la dernière, « Le Chêne et le Roseau »), *Les Caractères* sont aussi traversés par le vent, image convenue peut-être du temps et de la Fortune, mais aussi réalité sensible qui, sous nos yeux, emporte les plus fiers et les plus solides : Cimon et Clitandre « portent au vent » (comme des chevaux fougueux qui lèvent haut la tête), mais eux et leurs pareils sont emportés « à l'aventure, poussés et entraînés par le vent de la faveur » (« De la cour », 19, et « Des grands », 50). Et l'on sait comme ce vent tourne vite.

Ce moment où, tout à coup, une situation change – que l'on peut appeler coup de théâtre ou *happening* –, La Bruyère sait aussi le rendre avec adresse. C'est tout le destin de Straton, dont la « vie est un roman » (« De la cour », 96), qui lui en donne l'occasion ; mais aussi Théophile, qui gouverne avant même qu'on ait « pu soupçonner qu'il pensait à [...] gouverner » (« Des grands », 15) ; Xantippe qui, ayant fait un rêve fou, est allé plus loin encore que son rêve (« De la cour », 68) ; ou ce N** qui annule d'un coup, *in fine*, tout le beau discours qu'il se tenait à lui-même pendant sa disgrâce (« De la cour », 66). Ce dernier effet d'art est d'une grande habileté, car la facture même du texte mime la nature de son objet : la sagesse a beau l'emporter sur tout en général, s'être emparée de tout l'esprit et de toute la volonté de N**, et occuper les onze douzièmes du texte, elle vole en éclats à la dernière ligne. Et si ces éclats la dispersent, l'éclat de cette dispersion spectaculaire n'est pas perdu pour tout le monde. Cela s'appelle l'art.

Le talent de l'artiste, dans la composition de ces portraits, nous ménage une dernière surprise. Ses personnages sont si pittoresques qu'ils ont l'air d'être des originaux, de doux dingues ou des monstres cachés. Or, il n'en est rien. Ils ne sont que l'accomplissement de l'air de cour de l'arrivisme et de la morgue que tous partagent ou dont tous rêvent. Il n'empêche que leur comportement personnel dit, mieux que n'importe quelle théorie sociologique, les ressorts qui, dans une société où le pouvoir est tout, animent les êtres au détriment de la justice et de la vérité, de la cohésion sociale et de leur propre bonheur.

## UN PERSONNAGE À PART : LE SAGE

Dans le curieux espace où se déroulent *Les Caractères*, à la fois et tour à tour ouvert comme le vaste monde et confiné comme celui d'une salle de spectacle, s'élève parfois une voix *off*. Elle est sensiblement distincte de toutes les autres voix. Elle tranche sur le brouhaha dans lequel s'agitent et paradent courtisans empressés et grands de ce monde. Elle parle un autre langage que le leur, quoique dans la même langue, et elle se réfère visiblement à des valeurs qu'ils semblent méconnaître ou avoir oubliées.

Sous la dénomination de « sage » (« De la cour », p. 50; « Des grands », p. 53), nom qui relaie des termes comme « esprit », « doctrine », « habile », « génie », « honnête homme », « bien », « bon », « vertu » et surtout « mérite », La Bruyère fait exister un personnage qui n'est pas lui-même, mais auquel rien n'empêche son lecteur de s'identifier. Morale de la suggestion (→ PROBLÉMATIQUE 2).

# 10 Un texte en devenir

L'intérêt que l'on prend à la lecture de La Bruyère n'est pas celui qui nous anime dans celle d'un roman policier, ou même d'un roman d'aventures. L'écriture fragmentée casse net toute intrigue, efface à peine tracé tout paysage, interrompt sans retour tout propos. Et pourtant, nous voyons dans *Les Caractères* des *personnages*, un *cadre*, des *descriptions*, un *spectacle*, et nous y découvrons un document précis, complet, pittoresque sur le Grand Siècle finissant. Qu'est-ce qui fait donc de ce patchwork de remarques, cousues entre elles d'une manière qui paraît souvent aléatoire, un ensemble aussi passionnant ?

Ce n'est certes pas son contenu moral. D'une part un tel contenu, quand il existe, présente toujours quelque chose d'assez rébarbatif, et d'autre part nous avons vu qu'il n'existe guère chez La Bruyère : pas de thèse – anthropologique, philosophique, historique, politique – à laquelle on puisse donner un nom ; pas de conformité bien nette aux grandes références en matière de morale – Moïse, Épicure, l'Évangile, saint Augustin, le néo-platonisme de la Renaissance ; pas de conclusion en forme de leçon. N'allons pas en déduire que La Bruyère n'est pas un moraliste ; mais sa morale consiste moins en un contenu de préceptes qu'en une attitude éthique (→ PROBLÉMATIQUE 2). La description qu'il donne du monde qui l'environne, aussi cruelle et impitoyable soit-elle, ne le pousse pas à décerner de bons et de mauvais points, à condamner les uns sans rémission et à dire aux autres ce qu'il faut faire. S'il semble parfois jouer ce rôle, le plus important n'est pas là.

## UNE DISPOSITION GÉNÉTIQUE[1] DU TEXTE

Le plus déterminant pour expliquer l'intérêt profond que suscitent en nous *Les Caractères*, et le succès qui a été le leur jusqu'à aujourd'hui, c'est la manière même dont La Bruyère conduit sa description et la façon dont il fait appel, à son propos, à certaines valeurs. Si bien que, dans son cas, l'attitude éthique se confond avec la posture de l'écrivain et avec la « patte » de l'artiste. Le mouvement qui nous saisit à la lecture de son texte est son rythme ; et c'est parce que ce rythme est particulier que nous sommes prêts à adopter l'attitude éthique qu'il suggère.

Ce rythme, comme toute formule artistique de génie, est indéfinissable. On peut, comme toujours, tenter de dire plutôt ce qu'il n'est pas. Il n'est ni figé, ni répétitif, ni monotone. Il laisse toujours attendre son propre changement, le portant pour ainsi dire comme une nécessité.

La genèse[2] de l'œuvre, telle que les historiens de la littérature ont pu la reconstituer, le confirme. On sait en effet que, jusqu'à sa mort, l'écrivain n'a jamais considéré son texte comme achevé, mais toujours comme un chantier en cours.

## LES MODIFICATIONS DU TEXTE D'ÉDITION EN ÉDITION

La Bruyère a donné neuf éditions de ses *Caractères* entre 1688 et 1696. La deuxième et la troisième sont de simples retirages de

1. On appelle *génétique* ce qui est héréditaire, c'est-à-dire ce qui, lui ayant été transmis par ses géniteurs, est acquis dès la naissance par un être. Ce peut être un caractère visible (les yeux bleus) ou une disposition, qui se développera ou non selon les circonstances (telle maladie, telle aptitude aux arts). Par image, on peut dire que le texte de La Bruyère, tel que son « géniteur » l'a conçu, est prédisposé à développer un certain nombre de choses qui peuvent n'être pas immédiatement visibles.
2. On appelle *genèse* d'une œuvre littéraire l'ensemble des éléments – subjectifs ou objectifs – qui ont motivé, accompagné, conditionné son écriture, et qui ont abouti à sa réalisation par une élaboration progressive. Pour *Les Caractères*, cette élaboration reste inachevée. Comme pour les *Pensées* de Pascal, on peut dire que cet inachèvement, esthétiquement parlant, n'est pas accidentel, mais constitue la substance même du livre.

la première, faits à la hâte par le libraire-éditeur devant l'immense succès qu'avait aussitôt remporté l'ouvrage. À partir de la quatrième (1689), l'auteur n'a cessé d'ajouter des remarques nouvelles d'édition en édition : 344 à la quatrième, 159 à la cinquième (1690), 74 à la sixième (1691), 76 à la septième (1692), et 47 à la huitième (1694), ce qui porte leur nombre total à 1 120, alors qu'il était de 420 dans les trois premières éditions[1]. Il a aussi changé certaines remarques de place à l'intérieur des chapitres et en a même transféré quelques-unes d'un chapitre dans un autre. Enfin, il a étoffé de phrases ou de paragraphes nouveaux des remarques anciennes. Les éditions modernes des *Caractères* indiquent en général ces modifications.

Pour le chapitre « De la cour », qui comportait au début 36 remarques, 27 se sont ajoutées à la quatrième édition, 14 à la cinquième, 12 à la sixième, 8 à la septième, et 4 à la huitième, portant ainsi le total à 101. Le chapitre « Des grands », pour sa part, n'avait d'abord que 20 remarques ; La Bruyère en a ajouté 18 à la quatrième édition, 6 à la cinquième, 10 à la sixième, 1 à la septième, et 1 à la huitième, ce qui aboutit aux 56 remarques du chapitre actuel.

## Un exemple de modification pour le chapitre « De la cour »

L'examen de ces ajouts est quelquefois fort intéressant pour voir comment et dans quel sens se développe dans le temps la réflexion du moraliste, et comment l'artiste organise peu à peu la répartition la plus expressive possible des différentes tonalités de son écriture. La dernière remarque de « De la cour » peut en servir d'exemple.

Son deuxième paragraphe se présente d'abord seul : il tire la conclusion individuelle de l'expérience de la cour, d'une façon

1. La neuvième édition ne comporte pas d'ajouts par rapport à la huitième, mais seulement des corrections de détail. On sait que La Bruyère l'a préparée lui-même, mais il est mort (le 10 mai 1696) quelques jours avant sa parution.

purement négative; la seule chose que le courtisan ait apprise à la cour, c'est de s'en passer et de la fuir. À la sixième édition, tout en conservant à cette leçon sa position finale, le moraliste ajoute un paragraphe qui en élargit la portée et l'étend de l'individu au système tout entier: dans une société complexe, les fonctionnements se reproduisent en miroir à tous les étages, et ce que la province est pour la ville, la ville l'est pour la cour, et la cour pour... l'idéal. Ce n'est donc plus la seule alternative bonheur personnel/vie de cour qui est en cause, mais plus largement celle qui oppose un idéal de transparence (comme celui qui hante Alceste dans *Le Misanthrope* de Molière, ou qui habitera les héros stendhaliens) à l'épaisse et opaque réalité sociale.

## Le cas remarquable du chapitre VI, « Des biens de fortune »

C'est ainsi que plusieurs chapitres des *Caractères* se sont profondément transformés. Essayons, par exemple, d'imaginer ce que pourrait être le chapitre VI, « Des biens de fortune », sans les portraits de Périandre (21), de Chrysippe (27) et de Criton (29), apparus à la cinquième édition; sans ceux de Giton et Phédon qui forment le fameux diptyque final (83), ajoutés à la sixième; sans les portraits de Clitiphon (12) et de Zénobie (78), inclus seulement dans la huitième édition; enfin sans des remarques culte comme le 25e (« Si vous entrez dans les cuisines [...] ») ou la 47e (« Il y a des misères sur la terre qui saisissent le cœur [...] »), ajoutées à la cinquième édition.

Le premier état du chapitre ne comportait que 28 remarques – le tiers du chapitre actuel –, dont la moitié comptait moins de cinq lignes. Manquerait tout un plan de la dénonciation du rôle majeur joué par l'argent dans la perversion des valeurs et dans celle des rapports entre les hommes. Or, cette dénonciation de l'argent est sans doute l'une de celles auxquelles La Bruyère tient le plus, et qui le rendent si proche de nous : il n'y a plus guère de courtisan ni de grand dans notre société du XXIe siècle (encore que...), mais le problème de la répartition de la richesse, lui, n'a pas disparu et ne semble pas près de s'éteindre.

## Les portraits dans « De la cour » et « Des grands »

Le changement – quantitatif et qualitatif – n'est pas aussi important pour les chapitres VIII et IX. En particulier, La Bruyère n'y a pas multiplié les illustrations par *portraits* comme il l'a fait ailleurs: une quarantaine de portraits en tout à la quatrième édition, une trentaine à la cinquième, 25 à la sixième, une quinzaine à la septième, une dizaine à la huitième. Sur ce nombre, les chapitres VIII et IX n'ont été respectivement enrichis que de 4 et 1 portraits à la quatrième édition, de 2 et 1 portraits à la cinquième, 2 et 5 à la sixième, 1 et 1 à la septième, et un seul en tout à la huitième. Ce qui est inférieur à la moyenne générale, surtout que, comme nous l'avons dit plus haut, ces deux chapitres ne comportent aucun des « grands » portraits qui sont restés célèbres. C'est que « De la cour » est, en raison de son sujet même, un *portrait de groupe*, et que « Des grands » vise quelque chose comme un *type* qui n'a que faire de la caractéristique individuelle (le prince de Conti ou le duc d'Orléans sont, au fil de l'histoire, telle ou telle personne, mais il y a toujours un « prince de Conti » et un « duc d'Orléans »).

# 11 La réflexion sur le pouvoir

Un des grands axes qui traversent les chapitres « De la cour » et « Des grands », et les ouvrent sur l'avenir, est la réflexion qu'ils proposent sur le pouvoir. Celui-ci n'est pas traité comme une simple occasion parmi d'autres d'étudier le comportement humain, mais comme un champ d'étude en soi, présentant sa propre problématique.

## LE POUVOIR : UNE INSTANCE DIABOLIQUE

La Bruyère n'est pas le premier à considérer le pouvoir comme un monstre noir, un lieu d'action privilégié pour le diable. L'Italien Nicolas Machiavel (1469-1527 ; *Le Prince*, 1513) et l'Anglais Thomas Hobbes (1588-1679 ; *Léviathan*, 1651) avaient déjà radicalement dissocié le pouvoir de toute morale, le montrant uniquement occupé de son propre maintien, voire de son accroissement illimité. Sans aller aussi loin qu'eux, parce qu'il n'est pas comme eux un théoricien de la politique, et parce qu'il n'est pas question pour lui d'attaquer de front l'autorité de Louis XIV, La Bruyère nous rend sensibles les aspects maléfiques de cette chose indispensable, prestigieuse et sournoise qu'on appelle le pouvoir.

Le pouvoir est fort beau de loin, mais il vaut mieux ne pas l'approcher : « [...] si l'on s'en approche, ses agréments diminuent, comme ceux d'une perspective que l'on voit de trop près » (« De la cour », 6). Il est le lieu même de l'envie universelle, destructrice et frustrante : « La cour ne rend pas content ; elle empêche qu'on ne le soit ailleurs. » (« De la cour », 8). Il Le simple fait d'exercer le pouvoir pervertit celui qui l'exerce :

> Un homme qui vient d'être placé ne se sert plus de sa raison et de son esprit pour régler sa conduite et ses dehors à l'égard des autres; il emprunte sa règle de son poste et de son état: de là l'oubli, la fierté, l'arrogance, la dureté, l'ingratitude. (« De la cour », 51.)

Même un bon « naturel » n'y résiste pas, et ne revient que quand le pouvoir lui est ôté:

> Vous voyez des gens qui entrent sans saluer que légèrement, qui marchent des épaules [...] ; ils parlent d'un ton élevé, et qui marque qu'ils se sentent au-dessus de ceux qui se trouvent présents [...] jusqu'à ce qu'il survienne un grand, qui, la [cette « hauteur ridicule et contrefaite »] faisant tomber tout d'un coup par sa présence, les réduise à leur naturel, qui est moins mauvais. (« De la cour », 17.)

Que ce soit « un grand » qui rende ainsi le puissant ridicule vis-à-vis lui-même, n'est pas indifférent: le pouvoir fait tellement partie intégrante des grands, comme une de ces « choses dues à leur naissance » (« Des grands », 19), que chez eux la simple humanité devient l'exception et que la morgue arrogante est « leur naturel » (voir « Des grands », 17, 29).

La Bruyère pressent aussi le côté cyniquement pragmatique du pouvoir, ce que l'on a appelé la *Realpolitik*:

> « Les cours ne sauraient se passer d'une certaine espèce de courtisans [...] » (« De la cour », 8) ;
> Il faut des fripons à la cour auprès des grands et des ministres, même les mieux intentionnés [...] : que voulez-vous quelquefois que l'on fasse d'un homme de bien? (« De la cour », 53.)

## L'ARTICULATION DU POLITIQUE SUR LE SOCIOLOGIQUE

Ce qui est sans doute le plus nouveau chez La Bruyère, c'est l'idée d'une articulation des problèmes du pouvoir et de la politique sur ce qu'on appellera plus tard la sociologie. C'est beaucoup plus tard aussi qu'on parlera des *classes* et de leur *lutte* comme creuset de l'histoire humaine. Sans bien sûr employer ces termes, La Bruyère pose le principe de l'opposition des classes et de la nécessité de choisir son camp, ce qu'il fait d'ailleurs lui-même sans équivoque : « Faut-il opter ? Je ne balance pas : je veux être peuple. » (« Des grands », 25). Il sait appréhender la société comme un ensemble dont la cohérence est fissurée de toutes parts par la diversité des strates qui le composent : c'est le fameux tableau de la « région » située « à plus d'onze cent lieues de mer des Iroquois et des Hurons » (« De la cour », 74). Il décrit même, bien avant les analyses qui en seront données – en particulier par les historiens marxistes –, la montée en puissance de la bourgeoisie dans la prise en main des destinées de la nation :

> Pendant que les grands négligent de rien connaître [...] aux intérêts des princes et aux affaires publiques [...], des citoyens s'instruisent du dedans et du dehors d'un royaume, étudient le gouvernement, deviennent fins et politiques, savent le fort et le faible de tout un État, songent à se mieux placer, se placent, s'élèvent, deviennent puissants, soulagent le prince d'une partie des soins publics. Les grands, qui les dédaignaient, les révèrent : heureux s'ils deviennent leurs gendres. (« Des grands », 24.)

Passons encore sur ces « citoyens » éminents, comme Colbert par exemple, fils d'un marchand drapier devenu ministre de Louis XIV en 1661, et tout-puissant sur toutes les affaires du royaume jusqu'à sa mort (1683). Mais la bourgeoisie assoit aussi son pouvoir sur l'argent. Et, comme l'illustre largement le chapitre VI (« Des biens de fortune »), les nouveaux puissants sont souvent d'anciens valets (voir les « livrées » de « De la cour », 60) dont l'enrichissement prodigieux a fait, du jour au lendemain, des parvenus. Leur sottise et leur prétention peuvent être ridicules, elles n'en sont pas moins souveraines.

Ainsi La Bruyère devine comment le moral dépend du politique, le politique du sociologique, et la sociologie, de l'Histoire. On a dénié au XVII^e^ siècle toute pensée historique. La Bruyère, sur ce point, semble faire exception (→ PROBLÉMATIQUE 13). Ses *Caractères*, sans le théoriser ni l'exploiter vraiment, manifestent un *sens de l'Histoire* qui annonce le XVIII^e^ siècle et la littérature d'idées qu'il mettra en « Lumières ».

# 12 Vers le XVIII^e siècle

## ABSENCE DU SENS DE L'HISTOIRE AU XVII^e SIÈCLE

Le XVII^e siècle, dans son ensemble, ne recourt guère à l'Histoire que comme à un réservoir de modèles et de contre-modèles pour l'étude de l'homme à laquelle il se consacre. Cet homme, il le considère dans sa *nature*, et il ne pense pas qu'elle ait beaucoup changé depuis l'origine des temps. Son grand problème est celui du *salut* personnel et le rapport de chacun avec l'au-delà préoccupe le Grand Siècle plus que le devenir historique de la communauté. Quand l'histoire apparaît dans les textes, c'est sous la forme légendaire, voire mythique, qu'elle revêt dans la tragédie; ou comme décor grandiose, dans les Mémoires, pour la mise en valeur de personnalités de premier plan, celle, entre autres, du mémorialiste; ou encore comme cadre pittoresque dans le genre romanesque qui fait alors fureur, la *nouvelle historique*.

Mais on n'envisage pas les transformations profondes que le mouvement de l'Histoire fait subir aux hommes, aux sociétés, et, comme on le dira plus tard, aux civilisations. Bossuet, dans son *Discours sur l'histoire universelle* (1681), considère l'histoire des hommes comme secondaire par rapport à ce qui, à ses yeux, mène le monde depuis le commencement des temps: la volonté de Dieu et la réalisation finale de son royaume. Rien n'a donc d'importance dans l'Histoire, qui n'est qu'un point imperceptible au regard de l'éternité, et il est inutile d'essayer de l'infléchir dans un sens ou dans un autre.

## DES OUVERTURES, CHEZ LA BRUYÈRE, SUR LE PASSÉ ET SUR L'AVENIR

Ami et admirateur de Bossuet, La Bruyère partage avec lui et avec tout son siècle cette méconnaissance globale de l'Histoire. Pourtant, dans *Les Caractères*, de brusques éclairages viennent parfois, comme des flashes, replacer dans une perspective largement ouverte le présent qu'il décrit.

La perspective est ainsi ouverte sur le passé féodal, par exemple à propos de « cette disposition de cœur et d'esprit qui passe des aïeuls par les pères dans leurs descendants [...], cette bravoure si familière aux personnes nobles, et peut-être la noblesse même » (« Des grands », 41) ; ou encore : « Les grands ne doivent point aimer les premiers temps : ils ne leur sont point favorables [...] » (« Des grands », 47). Il s'agit là des origines de l'humanité, où les hommes étaient, de fait, tous égaux.

La perspective peut aussi s'ouvrir sur l'avenir :

> Dans cent ans le monde subsistera encore en son entier : ce sera le même théâtre et les mêmes décorations, ce ne seront plus les mêmes acteurs. [...] Il s'avance déjà sur le théâtre d'autres hommes [...]. (« De la cour », 99.)

Parfois même l'ouverture a lieu dans les deux sens, et la considération du seul présent est jugée comme un abus, caractéristique de la vie de cour :

> L'on contemple dans les cours de certaines gens, et l'on voit bien à leurs discours et à toute leur conduite qu'ils ne songent ni à leurs grands-pères ni à leurs petits-fils : le présent est pour eux ; ils n'en jouissent pas, ils en abusent. » (« De la cour », 95.)

Or, la manière dont, au cours du temps, diverses causes agissent pour modifier peu à peu la vision que les hommes ont du monde, les régimes politiques qu'ils adoptent, le type de société qu'ils forment, sera l'un des sujets majeurs de la littérature d'idées au XVIII^e siècle.

## LA BRUYÈRE PIONNIER DE LA LITTÉRATURE D'IDÉES

Les philosophes du XVIIIe siècle sont des lecteurs attentifs de La Bruyère. Voltaire lui reprend l'art de l'épigramme, de la maxime ironique, du fragment assassin pour traquer, au-delà des hommes qu'il ridiculise, les opinions erronées et les préjugés d'un autre âge qui freinent la marche du progrès (par exemple dans son *Dictionnaire philosophique portatif*, 1764).

Dans ses *Lettres persanes* (1721), Montesquieu reprend l'idée de faire décrire la société française par des étrangers, lesquels s'étonnent des coutumes qui sont familières aux Français et qui leur paraissent normales. Dans *De l'esprit des lois* (1748), il ouvre à son tour la perspective sur toute l'histoire humaine. Il explique les étranges différences qu'on constate dans les mœurs, les lois, les régimes politiques des divers pays et des diverses époques par les grands mouvements qui ont agité l'histoire des hommes. Il appelle « climats » l'ensemble des circonstances, géographiques et autres, qui influent sur les choix et les destinées des nations.

On ne peut s'empêcher de lire déjà dans ce sens la courte remarque 55 du chapitre « De la cour »: « Jeunesse du prince, source des belles fortunes », qui dit beaucoup en peu de mots. Elle dit d'abord que l'Histoire existe, et que les conditions ne sont pas les mêmes quand le roi est jeune et quand il est vieux. Or, le roi n'est plus jeune du tout quand La Bruyère écrit: il a plus de cinquante ans, et il se trouve dans la seconde partie de son règne, beaucoup plus sombre et triste que la première. Elle dit ensuite que ceux qui, alors, ont bâti leur fortune n'ont pas tant à s'en glorifier puisqu'ils n'ont fait que profiter de circonstances favorables.

Dans les *Considérations sur les causes de la grandeur des Romains et de leur décadence* (1734), Montesquieu étend au destin des empires le schéma même que La Bruyère applique au courtisan devenu favori: ascension/prospérité/décadence (voir « De la cour », 32, 33, 34, 65, 93, 94, 97).

Comme La Bruyère encore, Diderot illustre d'anecdotes pittoresques la philosophie la plus profonde et les questions morales les plus épineuses, par exemple dans *Jacques le fataliste* (rédigé entre 1765 et 1773). Enfin, La Bruyère a pressenti, avant le XVIIIe siècle, l'importance de l'opinion publique et l'influence que les intellectuels peuvent avoir sur elle (voir « Des grands », 34).

## L'ACTUALITÉ DE LA BRUYÈRE

« Nous, qui sommes si modernes, serons anciens dans quelques siècles », écrivait La Bruyère dans son « Discours sur Théophraste ». On peut facilement retourner cette formule et dire que La Bruyère, qui se voulait et se croyait si « ancien », est sans doute, quelques siècles plus tard, le plus « moderne » de nos écrivains classiques. Le Grand Siècle est fini depuis longtemps, l'Ancien Régime a disparu en 1792, mais La Bruyère ne laisse pas de nous parler de nous et de notre monde d'après l'an 2000. Il est vrai que l'Histoire existe, et il fut l'un des premiers à saisir son importance; mais il est vrai aussi que l'homme moral change peu et reproduit souvent, dans des conditions nouvelles, les mêmes comportements que dans les anciennes.

Qui ne reconnaîtrait, par exemple, le « paysage » moral des *Caractères* dans telle apostrophe de Boris Vian: « Messieurs qu'on nomme grands, je vous fais une lettre, que vous lirez peut-être si vous avez le temps »? Ou dans le choix fait, chez Georges Brassens, par celui qui ne veut pas entrer dans le jeu déshumanisant du pouvoir: « Le petit joueur de flûteau fit sa révérence au château »? Ou encore dans cette question modulée par Jean Ferrat: « M'en voudrez-vous beaucoup si je vous dis un monde où l'on n'est pas toujours du côté du plus fort? »

Qui ne reconnaîtrait, surtout, la liberté moqueuse, la malice souriante mais féroce du peintre de la cour et du Tout-Paris de 1690 dans telle évocation d'Alain Souchon: « Dans les poulaillers d'acajou, les belles volières à bijoux, on entend la conversation d'la volaille qui fait l'opinion »?

# Bibliographie


#### ÉDITIONS DES CARACTÈRES

- LA BRUYÈRE, *Les Caractères*, éd. Antoine Adam, avec une préface de Marcel Jouhandeau, Paris, Gallimard, coll. « Folio », 1975.
- LA BRUYÈRE, *Les Caractères*, éd. Robert Garapon, Paris, Garnier frères, coll. « Classiques Garnier », 1962.

#### OUVRAGES GÉNÉRAUX

- BLUCHE François, *La Vie quotidienne au temps de Louis XIV*, Paris, Fayard, 1984.
- PARMENTIER Bérengère, *Le Siècle des moralistes*, Paris, Le Seuil, coll. « Points », 2000.

#### OUVRAGES SUR LA BRUYÈRE

- LANGE Maurice, *La Bruyère critique des conditions et des institutions sociales*, Paris, Hachette, 1909; réimpr. Slatkine, 1970.
- MICHAUT Gustave, *La Bruyère*, Paris, Boivin, 1936; réimpr. Slatkine, 1970.
- Van DELFT Louis, *La Bruyère moraliste*, Genève, Droz, 1971.
- GRAY Floyd, *La Bruyère amateur de caractères*, Paris, Nizet, 1986.
- SOLER Patrice, *Les Caractères*, Paris, PUF, coll. « Études littéraires », 1994.
- ESCOLA Marc, *La Bruyère*, Paris, Champion, coll. « Moralia », 2001, 2 vol.
- ESCOLA Marc, « Jean de La Bruyère », dans *Bibliographie des écrivains français*, Paris, Rome, Memini-CNRS, 1996 (voir en particulier le chap. 10).

#### QUELQUES ARTICLES IMPORTANTS

- BARTHES Roland, « La Bruyère », dans *Essais critiques*, Paris, Le Seuil, 1964 (p. 221-237).
- LAUDE Patrick, « Ordre du logos et désordre du monde dans *Les Caractères* », dans *XVII^e^ siècle*, 163, 1989, 2 (p. 227-234).

# Index

## Guide pour la recherche des idées

### Cour



### Forme fragmentaire



### Histoire de la littérature



### Morale

## Personnages



## Rire



## Société



## Voir



*Les références renvoient aux pages de ce Profil.*

**Bussière Camedan Imprimeries**
à Saint-Amand (Cher) France (VIII-2004)
Dépôt légal : août 2004. N° d'édit. : 50499. N° d'imp. : 043179/1.
*IMPRIMÉ EN FRANCE*